品味经典 享受阅读

中外历史故事

ZHONGWAILISHIGUSHI

卢旭东/主编

吉林大学出版社

图书在版编目（CIP）数据

中外历史故事/卢旭东主编 . —长春：吉林大学出版社，
2009.9（2019.1重印）
ISBN 978-7-5601-4899-1

Ⅰ.①中… Ⅱ.①卢… Ⅲ.①历史故事—作品集—世界
Ⅳ.①I14

中国版本图书馆 CIP 数据核字（2009）第 173776 号

书　　名：中外历史故事
主　　编：卢旭东
责任编辑：李国宏
责任校对：樊俊恒
封面设计：煊坤博文
出版发行：吉林大学出版社
社　　址：长春市明德路 501 号
邮　　编：130021　　发行部电话：0431－89580026/28/29
网　　址：http://www.jlup.com.cn　E-mail：jlup@mail.jlu.edu.cn
印　　刷：三河市华晨印务有限公司
开　　本：170mm×240mm　1/16
印　　张：10.5
字　　数：120 千字
版　　次：2010 年 1 月　第 1 版
印　　次：2019 年 1 月　第 9 次印刷
书　　号：ISBN 978-7-5601-4899-1
定　　价：30.80 元

前 言

在祖国日益繁荣昌盛的今天,物质文明建设和精神文明建设正齐头猛进,人们在追求物质财富的同时,也在渴求精神生活的丰富多彩。文学名著作为人类非物质文化遗产的一个重要组成部分,对世界各国文化的交流、传承起着不可低估的桥梁作用。尤其对于当代的中小学生,广泛阅读中外经典文学名著既可丰富自己的文化生活和知识储备,还可增进对世界各国不同民族文化背景、风俗习惯的了解,进而增长智慧、提升素养、陶冶性情。

教育部制定的《全日制义务教育语文课程标准》和《普通高中语文课程标准》的基本精神,也是要培养新一代公民,使他们具备良好的人文素养和科学素养,拥有创新精神、合作精神和开阔的视野,提升包括阅读理解与表达交流在内的多方面的基本能力。并对中学生语文课外阅读做了相当明确的规定,并指定和推荐了具体的课外阅读书目。

在对这些图书进行了市场综合考察以及对家长和教师进行调研之后,我们发现,只有将阅读和写作以及语文知识的积累结合起来,才能真正达到既能应付学生的考试需要,同时又能提高学生整体语文素养的目的。为了有效实现以上目标,我们特别邀请了国内教育界权威专家和众多中小学语文特级教师编写了本套丛书,奉献给广大中小学生读者。本套丛书体例设置科学实用,既有"走近作者"、"背景搜索"、"内容梗概"、"阅读导航"、"特色人物"等提纲挈领、高屋建瓴式的阅读指南,又有针对名著内容含英咀华、条分缕析式的评点批注,还有对作品思想内容、谋篇布局、艺术特色的综合鉴赏、深度分析,更有从应试的角度专门设置的考试真题和最新模拟试题供学生练习,以达到巩固阅读效果的目的。

总而言之,本套丛书所选篇目经典,版本权威,体例科学,栏目精彩,我们有理由相信,它一定能够成为中小学生朋友的良师益友,成为中小学生家庭的必备藏书。

编 者

目录

有这样一个传说:在很久很久以前,宇宙是一团混沌的气体,没有生命的迹象。从他诞生之后一切都有了生机。是他用智慧与无私给我们带来了日月星辰、山川湖泊、鸟兽虫鱼。他是如何做到的呢? 为了创造这美妙的世界,他经历了怎样的困难? 让我们来认识一下这位英雄吧!

开天辟地

据说,很久以前的宇宙是一团混(hún)混沌(dùn)沌(模糊一团的景象。)的气体,好像一个大鸡蛋,里面没有声音和光亮,经过好多年的孕育、生长,终于,一个生命诞生了,他就是力大无比、充满智慧的英雄——盘古。

一个充满智慧和力量的生命诞生了,他就是创造了世间万事万物的盘古。

盘古在这个混沌的"大鸡蛋"中渐渐长大成人,他足足睡了一万八千年才醒来。当他睁开双眼,发现眼前是一片黑暗,什么也看不清,他实在不喜欢眼前的这种处境。于是,他就伸伸胳膊、蹬蹬腿,只听"咔嚓"一声巨响,这个混沌的"大鸡蛋"就粉碎了。 于是,那些轻的气体慢慢浮起来,形成了蓝天;重的气体下沉,形成了大地。 从此便有了天地之分。

原来天地是这样形成的呀!

盘古为了不让天地再合起来,便用手托起蓝天,脚踩着大地,身体将天地支撑起来。 盘古长一

1

尺，天也升一尺；盘古长一丈，天也升一丈。 又过了一万八千年，天地分开九万里，盘古也成为高达九万里的巨人。 盘古开天辟地，耗尽了心血，终于累倒了。 从此，再也没有站起来。

盘古临死前，想到世上只有天和地是不行的，还得在天地间造些日月风云、山川湖泊、鸟兽虫鱼等等。 可是这时候他已经累倒了，这些东西不能被再造出来了，于是，他便把自己的身体化作这些东西。

他把左眼变成又大又圆、光芒四射、温暖大地的太阳；把右眼变成了皎洁的月亮，睁眼时月亮是圆的，眨眼时月亮是月牙形的，从此月亮有了阴晴圆缺。 他的头发和胡子变成了布满天空的星斗，陪伴着太阳和月亮。 从嘴里呼出的气体变成了风、雨、云、雾，滋润万物生长。 他的声音变成了雷霆闪电。 身上的筋脉变成了四通八达（有路通向各个方向，形容交通非常方便。）的道路。 肌肉变成了肥沃的土地。 四肢变成了高山峻岭。 骨头牙齿变成了地下的宝藏。 血液变成了奔流不息的江河。 汗水变成了雨露。 汗毛变成了花草树木。 他的灵魂变成了鸟兽鱼虫。 这样，一个美好的世界诞生了。 这就是盘古开天辟地的神话，它象征着古时候的人们不怕困难、勇于征服自然的决心和勇气。

盘古是多么的勇敢，多么的无私啊，他为了世界的美好勇敢地献出了自己的一切。

也难怪我们看见的月亮是如此多变。

故事启迪

盘古用他的智慧与无穷的神力开天辟地，又用他最后的气力创造了一个美好的世界。他的勇气是我们要学习的，他把自己无私地奉献给世界的精神也是我们要学习的。此时,你心中有怎样的感想? 在困难来临时,你是否应该直面困难? 在别人需要帮助时,你是否应该向他人伸出援助之手呢? 我想你已经有了答案。

奇 思 妙 想 ✎ •••••••••••••••••••••••••••••••••••••

1. 人们常说:"男子汉大丈夫要顶天立地。"你在自己或是你身边的人身上找到盘古的大丈夫的勇气了吗?

2. 除了勇敢与无私外,盘古身上还有另一种可贵的精神,你认为是什么精神呢?

小朋友们，你们肯定喜欢小溪的清澈，陶醉于湖水的明净，但当你面对泛滥的洪水时，你的感觉将是另一种样子。洪水来临之时，很多房子被洪水冲走，许多人的生命也被无情地夺走。你们想知道过去的人怎样治理洪水吗？就让我们回到远古时代看看吧。

三过家门而不入

在我国的远古时期，相传尧在位的时候，黄河流域发生了很大的水灾，庄稼被淹了，人们只好住在高山上。

尧召开部落联盟会议，商量怎样治水。大家都推荐鲧去治水，但尧对鲧（gǔn，古人名，传说是禹的父亲。）不太信任，首领们说："现在没有强过鲧的人，让他试一下吧！"尧这才勉强同意。

鲧用堵的方法治水，不但没有将洪水制服，反而水灾更凶，看来做事的方法很关键。

鲧花了九年时间也没有把洪水制服。因为他只懂得水来土掩，造堤筑坝，结果洪水冲塌堤坝，水灾越闹越凶。

舜接替尧担任部落联盟首领后，亲自去考察治水的地方。他发现鲧办事不力，就把他杀了，又让鲧的儿子禹去治水。

禹（yǔ，古代部落联盟领袖。）对父亲治水失败的经验教训进行了反复研究和总结，放弃筑坝堵水的方法，改用疏导的办法，把洪水引到大海中去。 他亲自带领大家去对高山、大河进行勘察，设立各种标记，把哪个山应治理，哪条河应疏导都一一记下。 然后根据地形的高低，疏通河道，排除积水，让洪水顺着河道流向大海。 禹和老百姓一样，戴着箬帽，拿着锹（qiāo，铁锹，一种农具。），带头挖土、挑土，累得小腿上的毛都被磨没了。

禹不仅才智过人，更可贵的是，他能把个人的利益放在一边，一心扑在治水事业上。 新婚的第四天，他就离家去参加治水。 他的儿子启刚生下来的时候，禹从门外经过，听见了哭声，却狠下心没有进去探望。 十三年中，他三次路过家门，没有进去看一眼，成为历史上有名的佳话。

经过十三年的努力，洪水终于被禹引到大海里去，地面上又可以种庄稼了。

由于禹治水的功绩，后代的人都尊称他为大禹。

艰苦的环境，辛勤的劳作，高超的智慧，让人钦佩！

为了大家能有一个温馨平安的家而放弃与自己的亲人团聚，即使是特殊的时刻。这种精神多么令人感动啊！

故事启迪

鲧治水九年没能完成任务，但他的儿子禹做到了。这是为什么呢？也许是因为禹的心中装着的不仅仅是家人的幸福，而是所有人的幸福！他三过家门而不入，对家人可能是残忍了一些，但他取得了最后的胜利。

同学们，让我们怀着一颗关爱他人之心，怀着一颗坚忍不拔之心，怀着一颗艰苦奋斗之心，努力朝着我们的目标前进，相信我们一定会取得成功！

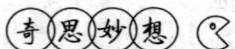

1. 鲧为什么没能把洪水制服?

2. 从禹的身上你学到了什么精神? 请把你的感悟写下来。

俗话说得好:"色字头上一把刀。"周幽王是个有名的暴君,他为了博得美貌的妃子褒姒一笑,不惜悬赏千金。重赏之下必有勇夫,有人想出了一个办法。这个办法会是什么呢?

千金买一笑

西周末年,周幽王即位。 幽王是一个昏庸残暴的国君,整天吃喝玩乐,贪恋美色。 大臣褒王向因为劝谏幽王而被他投进监狱。

褒王向的家人为了救褒王向出狱,从乡下买了一个漂亮姑娘,为她起名叫褒(bāo)姒(sì)(人名,周幽王的宠妃。),训练她唱歌跳舞,然后把她献给幽王。

幽王见到褒姒,如得天仙,顿时心花怒放(心里高兴得像花儿盛开一样,形容极其高兴。),于是就放了褒王向。

幽王非常宠爱褒姒,可是褒姒自进宫后就一直闷闷不乐,从来没有人见她笑过。 幽王为了让她笑,想尽了办法,可是她就是笑不出来。 于是幽王下了一道命令:有谁能让王妃娘娘笑一下,就赏他一千两金子。

有个叫虢(guó,周朝国名。姓。)石父的人给幽王想出了一个鬼主意。 原来,周王朝为了防备犬戎(róng)的进攻,在骊山(今陕西临漳东南)一带修

这为下文周幽王悬赏千金埋下伏笔。

为了满足自己的私欲,不惜耗费大量的金钱,幽王的行径真让人不齿。

建了几十座烽火台，每隔几里就有一座。 如果有敌人进攻，把守第一座烽火台的士兵就点燃烽火，这样一个接一个地点下去，附近的诸侯看见了，就会发兵来救。 虢石父对幽王说："现在天下太平，已经很久没用烽火台了。 我想请大王和娘娘到骊山去玩。 到了晚上，点起烽火，让附近的诸侯见了赶来，上了大当，这么多兵马扑了个空，娘娘见了一定会笑起来。"

周幽王拍手说道："好极了，就这样办。"

他们真的上了骊山并把烽火点燃了。 临近的诸侯以为犬戎打了过来，马上带兵来救。 没想到赶到那儿，竟然没见到敌人一个影子，抬头只看见在山上饮酒唱歌的周幽王和褒姒。 周幽王派人告诉他们："这儿没什么事，不过是大王和王妃放烟火玩儿，你们回去吧。"

诸侯知道上了当，一个个都被气坏了，掉转马头就走了。

看见骊(lí)山脚下来了很多乱哄哄的人马，褒姒不知道怎么回事，就问幽王。 幽王把原因告诉了她，褒姒真的笑了起来。 虢石父因此得到了一千两金子。

从此，幽王对褒姒更加宠爱，干脆把王后和太子废了，立褒姒为王后，立褒姒生的儿子伯服为太子。 原来王后的父亲是申国诸侯，听到这个消息，一怒之下，就联合犬戎进攻镐京。

幽王听到犬戎进攻的消息，惊慌失色，为了搬救兵，急忙把骊山的烽火点起来。 可是诸侯上了一次当，这一次再没有人理他。 犬戎的人马攻进了镐京，周幽王、虢石父和伯服都被杀了，褒姒也被抢走了。

在昏君的时代，奸臣是很吃得开的。

玩火者必自焚！他们第一次开玩笑点着骊山的烽火时，就已掘开了自己的坟墓！

这时，诸侯才知道犬戎真的进了镐京，于是联合起来攻打犬戎。犬戎不吃眼前的亏，把周朝的财宝一抢而空，在镐京放了一把火，全部撤走了。

诸侯打退犬戎后，立原来的太子姬宜臼（jiù）为天子，即周平王，然后就各自回封地去了。周平王怕犬戎再来进攻，在公元前770年，把周都搬到了洛邑。

因为镐京在西边，洛邑在东边，所以历史上把周朝以镐京为国都的时候，叫做西周；以洛邑为国都的时候，叫东周。

故事启迪

吴王夫差沉迷美色，最终亡国；唐玄宗美人误国，最后落得国色两空；周幽王贪恋美色，戏弄诸侯，最后同样下场悲惨……从他们的身上我们要学会"诚信"二字的重要性，从他们身上我们还要明白这个道理：在什么样的位置就要做什么样的事，要明白自己的责任。

所以，在学习中，我们要做好一个学生应该做好的事情：认真完成老师布置的作业，努力团结同学，积极参加各种对自己有益的活动，处理好学与玩之间的关系，不要因为贪玩而荒废了学业啊！

奇思妙想

1. 如果周幽王没有得到美女褒姒的话，他会不会有一个好的结局？

2. 如果周幽王听了褒王向的话，早些治理国家，又会有怎样的结局？试着写写吧。

我们身边有很多同学喜欢看战斗片,也许你就是其中的一员。战斗中激烈的厮杀场景叫我们的心跟着剧烈跳动,可是在真正的战争中,你知道什么是最重要的吗? 战争仅仅是两方的厮杀吗?

减灶计

公元前 341 年,魏惠王派庞涓为大将,率十几万大军攻打韩国,韩国由于不敌魏国,就向齐国求援。

齐威王派田忌为将军,孙膑为军师,统率大军前去援救。 这次他们用的仍是直接奔袭魏国都城的计谋。

消息传到魏国,庞涓急忙撤兵回国。 不过这次没有像十二年前那样惊慌,庞涓率领一队精兵抢先赶回魏国,准备集中国内兵力与孙膑决一死战,以报上回失利之仇。

孙膑早已成竹在胸,他决定利用魏军轻敌、庞涓骄傲的特点,寻找时机,狠狠打击。 为了使他们更轻敌,更骄傲,孙膑让田忌下令:全军东撤。 庞涓认为齐军胆怯(qiè)(胆小,害怕。)了,便命令魏军紧紧追赶。 第一天,追到一个山坡上,庞涓对齐军住过的营地进行了细心考察,派人对齐军做饭用过的炉灶详细调查,估计齐兵有十万之多。 第二天,追到一片草地上,只有够五万人用的炉灶了。 庞涓以为齐兵胆小,逃散了不少人,心里更加得意。 第

知己知彼才能百战百胜,抓住对方的弱点才是取胜的关键。

庞涓算得上是聪明之人,但其骄傲、大意的特点注定了他的失败。

三天，庞涓只率精锐骑兵追赶齐军，到快要追出魏国国境的时候，他又命人数了数齐军留下来的炉灶，嗬，只够两万人用了！得意忘形的庞涓命令加速追赶。

傍晚，庞涓率军到了马陵道上。那马陵道地势险恶，又长又窄，两边都是山。孙膑早把兵马埋伏在这儿等他呢。魏军刚进马陵道，树林中万箭齐发，喊杀声震耳欲聋，齐军从山上猛扑下来，杀得魏军死伤不计其数。庞涓见败局已定，拔剑自刎（wěn）（自杀的意思。）了。

原来，为了迷惑庞涓，孙膑故意让士兵少挖炉灶，造成士兵不断减少的假象，使庞涓上当。这一招兵法上称为"减灶计"。

此后，孙膑远近闻名，成了有名的军事家。

在战争中，计谋有时比兵力要重要得多！

故事启迪 🐾 ●

孙膑深知庞涓骄傲轻敌的特点，于是巧妙地利用这一点，在敌我双方力量悬殊的情况下，打败了魏军。

智慧的力量是多么强大啊！我们可以将这种力量应用于我们的日常生活与学习中，寻找问题的所在，遇事三思而后行，相信，你会把事情处理得很好的。

奇思妙想 🐾 ●

1. 孙膑成为远近闻名的军事家之前，他曾被膑脚，想知道是怎么一回事吗？那就多读些这类书籍吧！

2. 庞涓自刎的真正原因是什么？

春秋时期，诸侯争霸，其中一位霸主就是楚庄王。可是，他刚即位时就沉迷于玩乐，不理政事，这样的君主怎能成为一代霸主呢？是有神灵相助吗？这和"一鸣惊人"又有什么关系？

一鸣惊人

公元前613年，楚穆王突然得暴病而死。他的儿子即位，就是赫赫有名的楚庄王。

楚庄王即位3年以来，整天喝酒、打猎，寻欢作乐，不问政事。他还在宫门口挂上块大牌子，上面写着：谁敢劝谏，立即砍头！

楚庄王不愿听百姓的治国良言，残酷对待百姓，真是一个昏庸的君主。

大夫伍举巧借大鸟来劝诚楚庄王不要沉迷于玩乐，真可谓用心良苦。

有一天，大夫伍举来见楚庄王。说："有人给我出了一道谜语，我怎么也猜不着，特地来向您请教。谜语说：楚国京城，有只大鸟，五彩缤纷，整整三年，不飞不叫，满朝文武，莫名其妙。您知道这是什么鸟吗？"楚庄王一听，就明白了他的意思，笑着说："我猜到了。这只鸟啊，三年不飞，一飞冲天；三年不鸣，一鸣惊人。您等着看吧！"

又过了几个月，楚庄王还和以前一样喝酒、打猎、欣赏歌舞。大夫苏从忍耐不住了，去见庄王。他一进宫门，就大哭起来。楚庄王说："有什么伤心事啊？"苏从冒着杀头的危险，直接对他说："大王身为楚国国君，只知寻欢作乐，时间长了国家可怎么办？"楚庄王听罢勃然（突然。突然变脸，大发脾气。）大怒，抽出宝剑指着苏从心窝。 <u>苏从面不改色，从容不迫地说："楚国政事已不可收拾，我也不愿活了！请大王赐我一死！"</u>说完，怒目而视，正气凛（lǐn）然（严肃、严厉的样子。）。 楚庄王突然站起来，激动地说："大夫的话全是忠言，我听你的就是。"随后，把乐队和舞女都解散了，决心要干一番事业。

楚庄王先是改革政治，启用人才，伍举、苏从都被他委以重任。

楚庄王一面改革政治，一面扩充军队，加强训练。 他即位的第 6 年，出兵灭了庸国，打败了宋国；第 8 年，又打败了戎族。 楚国声威大大振作起来。

周定王九年（公元前 598 年），楚庄王趁陈国内乱的机会，派兵降服了陈国。 第二年，楚庄王亲自率领大军去攻打郑国。 郑是晋国的保护国，晋国当然不答应。 这一年的夏天，晋景公派荀林父为大将，率领 600 辆兵车，去援救郑国。

两国军队在今河南省郑州东打起来。 楚军一鼓作气，最终击败了晋军。

这一战，拥有 600 辆兵车的晋国大军几乎在一夜之间全军覆灭，三年不鸣的楚庄王终于一鸣惊人。 他继齐桓公、晋文公、秦穆公之后，当上了第四位诸侯国的霸主。

苏从冒死进谏，可见其对国家一片忠心。

楚国国力日益强盛，为楚庄五日后成为诸侯国霸主打下了坚实的基础。

一个国家能在众国家中长期存在并得到霸主的地位,这与明君贤臣是分不开的。伍举巧用大鸟三年不啼不飞来劝诫楚庄王是智慧之举。难能可贵的是,楚庄王最后承认错误并积极改正,富国强兵,成为一代霸主。

犯了错误不要紧,只要你能积极地改正,努力提高自己,就会得到别人的尊敬与赞美。

1. 伍举想了什么方法劝谏楚庄王?

2. 你对文章的标题有什么深刻的认识?

你们知道著名的长平之战吗？赵国就是在这场战役中损失四十万精锐部队，再也不能和秦国抗衡。这是什么原因呢？是谁导致了赵国这场战争的失败？

纸上谈兵

赵国名将赵奢的儿子赵括，自幼熟读兵书，谈论起行军打仗来，头头是道，有时连他父亲都说不过他。赵奢知道自己的儿子只会说说而已，没有带兵打仗的真本事。临终前对赵括说："你不是当大将的人才，千万不要担任将军的职务。如果你当了大将，会给赵国军队带来覆灭的命运。"

公元前 262 年，秦国进犯赵国。久经沙场、有着丰富作战经验的大将廉颇领兵二十万前往抵抗。两军在长平展开了大战。廉颇针对当时的实际情况，制定了自己的战略。他认为，不能和兵力强大的秦军硬拼；但是秦军远离本土，粮草供给困难，经不起长期对峙（zhì）（相持不下，相对而立的样子。），于是下令闭门不出，进行严密防守，不管秦军如何挑衅，都不出去应战。就这样，廉颇在长平坚守达三年之久，秦军也没能得逞。

廉颇的正确作战方案，却让赵王觉得很丢面

知子莫若父，赵奢知道自己儿子的本领还不适合做大将，并对赵括的前途作了预言。

赵王听信谗言，做出错误的决定，为以后的战争惨败埋下了伏笔。

15

子，他听信谗言，任命赵括为大将，再领兵二十万，把廉颇换下来。

改变廉颇正确的作战方案，暗示赵括必败无疑。

赵括接受任命后，立即改变了以前的作战方案，传令全军做好战斗准备，随时准备攻击秦军。

公元前260年的一天，赵括向秦军发起全面攻击。秦军假装战败，边战边退，赵军一直被引诱到秦军大营前。赵括知道中计，忙下令撤军，可是为时已晚，道路已被秦军堵死；他又下令攻打秦军的大营，但秦军的防御工事坚固，根本奈何不得；等他下令收兵暂歇时，秦军又四处骚扰，赵军得不到休息。赵军进退不得，成了瓮（wèng）中之鳖（biē）（瓮：一种盛水的陶器。本词的意思是指没有逃脱的办法。）。

秦军不忙于攻击赵军，只是将赵军紧紧围困，并切断赵国的援军和粮草救济。几十万赵军内无粮草，外无援军，陷入绝境。

只知道死读书而不知道应用到实践中的后果就是全军覆没。

九月的一天，赵军断粮已有四十六天。秦军的包围圈也越来越小，赵括决心孤注一掷地向外突围。可还没到秦军阵地前，他就被乱箭射死。主帅一死，赵军全线崩溃，饿坏了的官兵，不得不向秦军投降。最后，整整四十万大军全被秦军活埋。

赵国的精锐部队在这次长平战役中全军覆灭，从此以后赵国便一蹶（jué）不振（比喻一遭到挫折失败就再也振作不起来。）。

故事启迪 ●

实践出真知，很多东西不能只说说就行了，需要你亲身实践。赵括就是因为太过于相信书本,而一败涂地。其实这不是自信,而是自大。所以,在日常的学习生活中,我们在学习书本知识的同时还要不断地实践。

积极地参加一些实践活动吧,这样你才会成为真正的强者!

奇思妙想

1. 赵奢为什么断言赵括不能当大将?

2. 从另一个角度想想,赵王有哪些不对?

古往今来，很少有帝王能在亡国之后再次崛起，而勾践就做到了。你知道他经历了多少磨难吗？让我们看看下面的故事吧。

卧薪尝胆

北方晋楚争霸刚结束，南方吴越争霸却刚刚拉开帷幕。

公元前496年，吴国征讨越国，吴王阖（hé）闾（lǘ）（吴王的名字。）亲率大军前去征战，双方大军在今浙江嘉兴一带展开决战。

越兵背水一战，以死相拼，结果大败吴军。吴王也被毒箭射死。

阖闾临死之前，吩咐立太子夫差为王，并叮嘱一定要为父报仇。

夫差励精图治，招纳贤才。经过3年的努力，吴国逐渐强大起来。伍子胥认为时机已成熟，就劝说吴王攻打越国。

于是夫差挑了精兵良将，去征讨越国，大败越军于夫椒。越王勾践带着5000残兵败将逃到会（kuài）稽（jī）山（位于浙江绍兴城东南，因大禹治水在此会诸侯，计功行赏而得名。）上，被夫差团团包围。

勾践无奈，只好派大臣文种带着大量的礼物向

吴王的死成为后来的吴越之战的导火索。

18

吴军求和。

文种来到吴军阵中，跪在夫差面前说："我奉亡国之君的命令冒昧地向您转达勾践的心愿，勾践情愿当您的臣子，他的妻子当您的仆人，服侍大王。"

夫差没有同意。

勾践和他的臣子们又想了个办法。他们把绝色美女西施送给了夫差，夫差这才同意勾践的请求。勾践在吴国给夫差当了三年的仆人，才得以回到越国。

回到越国，勾践一心致力于复国大业。为了使自己不忘耻辱，他将一枚很大的苦胆挂在自己的座位旁边，每次吃饭之前，先要尝尝这苦胆。他不断激励自己，振作精神，这就是卧薪尝胆的由来。

勾践自己纺织和种地，不穿华丽的衣服。他放下国王的架子，谦虚对待百姓，热情地接待四方宾客。在短短的几年时间里，招募了大量有才能有德行的人才。

他用大臣文种治理国家，范蠡(lí)(人名。)掌管外交和军队。就这样，经过 7 年，越国的力量大增，越王勾践觉得时机已到，就准备向吴国报仇。

文种向越王勾践献计：向吴王夫差借粮，目的是试探吴王的态度。夫差借给越国 1 万石粮食。第二年越国丰收，归还了 1 万石粮食。由于那 1 万石粮食颗粒饱满，吴国将它们做种子。但这 1 万石粮食已被越国蒸过。这一年吴国颗粒无收，发生了大饥荒。

公元前 473 年，勾践攻打吴国，吴王夫差战败自杀。勾践也得以报仇雪耻。

勾践每天尝苦胆，是为了时刻提醒自己不忘亡国之耻。

依靠天时、地利、人和，勾践报仇雪恨的时机终于成熟。

"苦心人,天不负,卧薪尝胆,三千越甲可吞吴"。越王勾践就是凭借着恒心与毅力,忍辱负重、卧薪尝胆,在充足的准备之下,一举消灭吴国。当你受到失败的打击时,不要伤心,不要害怕,只要总结失败的原因,继续向前走下去,你会成功的!

1. 为复兴国家,越王勾践运用了哪些计谋?

2. 你知道美女西施吗?她在越国复兴道路上起到了怎样的作用?

一个苦命的孩子,刚生下来后,双亲就被坏人迫害而死,幸好有好人相助,把他救出宫廷。可是失去了父母庇护的他,能躲过坏人的追杀吗?

程婴救孤

战国时期,晋景公当上中原诸侯的领袖以后,就自大起来。专会拍马屁的奸臣屠岸贾得到晋景公宠护,他什么都不怕,专门和与他有过节的赵朔作对,并要晋景公灭掉赵家。

晋景公也早想找机会除掉赵朔,与屠岸贾想到一块了。顷(qǐng)刻(很快。)之间,赵家血流成河。屠岸贾发现赵朔的妻子庄姬不见了。庄姬是晋成公的女儿、晋景公的妹妹,因为怀了孩子,已逃入了母亲的宫里。晋景公说:"母亲最喜欢我这个妹妹,别杀了。等她生了儿子再杀也不迟。"

不久,庄姬生下一男孩,屠岸贾知道了,便派人看守公主府门,准备待满月之后,借故将其杀死,以绝后患。

"你把你的儿子送到我这里,把赵氏孤儿带走……"赵朔门下有一心腹程婴,为人耿直厚道。他以看病的名义见到了公主,公主恳求程婴设法救出

恶人连一个孩子也不放过。

孤儿，以期有朝一日报仇雪恨。 公主说完就自杀了。 程婴冒死将孤儿装入药箱逃出了公主府。

程婴把赵氏孤儿带到公孙杵（chǔ）臼（jiù）老人的府上。 公孙杵臼是因为看不惯奸臣专权、国君昏庸，愤然告老还乡的大臣。 程婴把赵家的事情一五一十地告诉了公孙老人，又说：<u>"我把他藏在您这里。 我家正巧也有一个未满月的独子，可以代替赵氏孤儿，请大人告发，说我程婴藏着孤儿。 我父子死后，请你抚养赵氏孤儿成人，替他父母报仇雪恨。"</u>

公孙老人被程婴的赤诚忠义所感动，对程婴说："我年纪已大，你把你的儿子交给我，把赵氏孤儿带走，当作自己的儿子，抚养他长大。 然后你去向屠岸贾告发，说我领养了赵氏孤儿，这样，你和赵氏孤儿就没有性命之忧了!"程婴说服不了老人，只好照办。 他向屠岸贾报告，赵氏孤儿被公孙老人藏起来了。

屠岸贾不相信程婴，问他与公孙无仇为何要举报他。 程婴说："我怕自己的独子被杀。"屠岸贾信了他的话，带兵来到公孙宅院，见老人矢（shǐ）口否认（矢，发誓。只一口咬定，坚决不承认。），便动用重刑，打得皮开肉绽。 此时，士兵从他家地洞中发现了婴儿，老人大骂屠岸贾丧尽天良，陷害忠臣，连小孩也要杀。 屠岸贾把小孩剁为三段。 <u>此时的程婴看着自己的亲生儿子惨死，心如刀割，只能把仇恨藏在心底。 公孙老人对屠岸贾骂不绝口，撞死在台阶上。</u>

屠岸贾见公孙已死，便把程婴当做了自己的心

程婴为了保住赵氏孤儿，愿意牺牲自己的儿子，真是令人感动！

为救赵氏孤儿付出了两个人的生命。

22

腹，让程婴做他的门客，并收程婴的儿子（赵氏孤儿）为义子。程婴想到最危险的地方就是最安全的地方，便留在了屠岸贾的身边。屠岸贾做梦也没有想到：20年后，他的义子——赵氏孤儿，亲自捉拿屠贼，报了家仇国恨。

故事启迪

为了大义牺牲自己的孩子，古往今来，有几人能做到？为报知遇之恩，程婴付出的太多太多。但是程婴的牺牲不是没有价值的，终于有了回报，赵氏孤儿杀死了奸臣。

"滴水之恩当涌泉相报"应该就是这个道理。当别人帮助你时，你要心怀一颗感恩之心，然后去帮助更多的人，只有这样，爱，才会传递下去。

记住程婴吧，他的精神会让你一生受用。

奇思妙想

1. 当程婴看到自己儿子被杀死时，他心里是怎样想的？

2. 故事中的公孙老人有着怎样的品质？

战国后期,秦国的实力及领土迅速扩展到燕国边境,燕太子丹自知难敌强秦,于是派勇士荆轲刺杀秦王。成败在此一举,荆轲能成功吗? 燕国能保住吗? 请看下文吧。

荆轲刺秦王

荆轲是中国古代一位著名的勇士。 他从小爱读书,为人正直,被人尊称为庆卿。 后来又到燕国去,燕国人对他也很尊敬,称他为荆卿。

战国后期,秦国强大起来。 秦王嬴政是个有政治眼光的人,他有计划地向各国用兵,逐步蚕食各国的领土,并削弱他们的势力,逐渐奠定了统一六国的基础。

秦国仗着自己的强大,不断兼并周围的国家,扩大自己的势力。

公元前230年,韩国被秦所灭。 接着,秦国又派兵去攻打燕国。 燕太子丹为了挽救燕国,就访求刺杀秦王的刺客。

有个叫田光的人很有智谋,太子丹便派人去把田光请到宫里来,恭恭敬敬地向他请教。 田光见太子态度很诚恳,就对他说:"我有个朋友叫荆轲,他智勇双全,可以胜任。"太子喜出望外,恳求田光把荆轲请来。 荆轲和田光是好朋友,而荆轲又是一个豪爽的人,就同意去行刺秦王。

但荆轲还没动身去秦国，秦军已开始进攻燕国。太子丹非常着急，便催促荆轲。荆轲说："我正在准备，要想接近秦王，必须取得他的信任，为了能见到秦王，除了把燕国最富饶的地方督亢献给他，还需要献上樊（fán，姓。）於期的人头。"

太子丹一听说："督亢地图好办，樊将军为报秦仇才到我这里来，这肯定行不通。"

荆轲见太子丹这样说，就私自会见了樊於期。见面后，荆轲说了刺秦王的计划，樊於期说："只要杀了秦王，我死了也值得！"说完，拔剑自刎了。

动身那天，太子丹和荆轲的好朋友都来为荆轲和他的随从秦舞阳送行。人们送到易水岸边，荆轲高声唱道：

"风潇潇兮易水寒，壮士一去兮不复还！"

所有送行的人都失声痛哭起来。

荆轲来到秦国都城咸阳，装做是为燕国来献地求和的，又带来了樊於期的首级（头颅。）。秦王很高兴，安排了隆重的仪式接见荆轲。

晋见时，荆轲将用毒药浸好的匕首卷在地图里，他和秦舞阳分别捧着装樊於期首级和地图的盒子。上大殿台阶时，秦舞阳很害怕，脸色煞白，引起了秦国侍臣的怀疑，荆轲只好独自走上前去。秦王验看了樊於期的头，又要看地图。秦王打开地图的卷首，从头慢慢观看，看到最后，露出了匕首的一角，引起秦王怀疑。当荆轲拔出匕首刺向秦王时，秦王及时地站了起来，将衣袖扯断，围着大殿铜柱子躲避。慌乱中，秦王忘了身背宝剑，有人提醒秦王："大王，背上有剑。"这样，秦王便用剑把

樊於期为了报秦仇牺牲了自己的生命，他是一位英雄。

歌曲慷慨悲凉，感染力极强。

25

荆轲砍死了，阶下的秦舞阳也被武士们杀死了。

荆轲刺秦王，虽然失败了，但他那无畏的精神却让人永远纪念。

故事启迪

"风萧萧兮易水寒，壮士一去兮不复还！"有人说"成者王败者寇"，但是我认为"莫以成败论英雄"。荆轲是输了，但是他不怕牺牲的精神令我们感动，值得我们学习。

我们要学习荆轲"明知山有虎，偏向虎山行"的勇气，荆轲敢于与强秦作斗争，我们也要敢于与坏人坏事作斗争。

奇思妙想

1. 荆轲临行前场景是多么悲壮啊，你能用文字把它描绘出来吗？

2. 你还知道哪些失败的英雄？

大家都看过奥运会的马术比赛吧！在古代，赛马是齐国的王公贵族喜爱的项目。田忌与齐威王赛马时每次都输掉比赛，因为他的马不如齐威王的好。这可愁坏了他，有什么办法能赢得比赛呢？就让我们看看孙膑出了什么主意吧。

田忌赛马

孙膑出师后，经历千辛万苦，来到了齐国。齐国大将田忌（jì）知道他很有智谋，便像上宾一样对待他，还让孙膑住在自己家里。

当时齐国的王公贵族中流行赛马。按规定，每人各出上等马、中等马、下等马一匹，总共进行三场比赛，三场两胜者就算赢。田忌的马由于没有齐威王的好，所以老是输，他常常为此摇头叹气，却又没有办法。

有一次，田忌带着孙膑去和齐威王赛马，结果又输给了齐威王。回到家中，孙膑对闷闷不乐的田忌说："将军不必发愁，我有一个办法能让将军获胜。"田忌只当孙膑在宽慰自己，苦笑着说："我的马没有齐王的马好，怎么能赢呢？"孙膑一边踱着步子，一边笑着说："将军，下次比赛的时候，你可以用您的下等马跟大王的上等马比，第一场肯定会输；第二场，你拿上等马和大王的中等马比，第

大臣的马怎么会比君王的马好呢？想要赢得比赛，不仅要比马，还要比智慧。

孙膑真是聪明，竟然想出这样的好主意，这样就能赢两场，输一场了。

二场肯定会赢；第三场再用中等马和大王的下等马比，第三场肯定也赢，这样，你就会赢得比赛。"田忌听了，觉得很有道理，心情也一下子开朗起来。

在后来的比赛中，田忌依计而行，果然和孙膑所说的结果一样，赢得了齐威王的千金赌（dǔ）注（赌博时所押的财物。）。 齐威王知道后，赞叹道："从这件小事上，就可以显示出孙膑的足智多谋了。"于是他对孙膑愈加敬重，后来，孙膑还被齐王尊为军师。

故事启迪

孙膑在田忌与齐威王赛马时，巧用智慧，使田忌在综合实力不如齐威王的情况下，赛马取得胜利。由此可见，只要开动脑筋，转变思维方式，问题的解决会有意想不到的效果。

奇思妙想

1. 孙膑用了什么计谋使田忌赢得比赛？

2. 你能运用智慧去解决一些问题吗？

冰天雪地里,一个孤单的老人手里拿着光秃秃的使节,遥望着故乡的月亮,思念着家乡,陪伴他的只有一群公羊。他为什么会独自一人居住在塞外呢?

塞外牧羊

在苍天茫野中,唯一和苏武做伴的是那根光秃秃的使节。 匈奴被汉军打败后,表面上跟汉朝和好,暗地里却加紧备战,准备再次进犯中原。

公元前 100 年,匈奴的单(chán)于(yú)(相当于君王。)又派使者来汉朝求和。 为了表示善意,苏武作为汉朝使者,手执象征朝廷的使节,出使匈奴。

到了匈奴,苏武并没有得到单于的善待。 不仅如此,单于还派一个已投降匈奴的汉将卫律来劝苏武投降。 苏武不肯投降,拔刀自刎,幸亏卫律手快,阻止了他。 单于钦佩苏武,觉得他是个有气节的好汉。

待苏武的伤势好转后,没有死心的单于又派卫律来劝苏武投降匈奴。 卫律软硬兼施,想尽了一切办法来劝他投降。 但苏武软硬不吃,决不投降,还大骂卫律是背叛朝廷、忘恩负义的小人。 卫律百般无奈,只好向单于报告。 单于听后,对苏武更加佩

由此可见苏武的孤单。

苏武是个有气节的人,他宁死不愿投降。

29

服，想尽办法逼苏武投降。 他把苏武投入地窖（jiào）（在地下挖的地洞。），断吃断喝，过了几天，单于见苏武不为所惧，又施一计，把他放出来，要封他为王，苏武不从。 单于没有办法，只得把他送到北海（今俄罗斯贝加尔湖一带），将他长期流放在那里。

苏武到了北海，当起了牧羊人。 <u>没有吃的，他就挖野菜、逮老鼠吃。</u> 他孤身一人，可以做伴的只是那根代表朝廷的使节和一群羊儿。 他白天拿着使节放羊，晚上抱着使节睡觉，使节从未离开过他。 他相信，迟早会手执使节回到自己的国家。

从此以后，苏武一直在北海牧羊。 <u>岁岁年年，那根使节从未离开过他的手，日子一久，连使节上的穗（suì）子</u>（用丝线、布条或纸条等扎成的、挂起来往下垂的装饰品。）<u>都掉光了。 苏武每天就握住这根使节，遥望着故乡，遥望着父老乡亲。</u>

19 年后，汉武帝和单于都先后死去。 新即位的汉昭帝和匈奴的新单于又决定修和。 到了此时，被长期监禁的苏武才得以回家。

苏武出使的时候刚 40 岁，在匈奴受了 19 年的折磨，回到长安的苏武已经须发皆白了。 当他把那根光秃秃的使节交还给汉昭帝时，所有的人都感动得流下了眼泪，人们都说苏武是一个有气节的男子汉。

此处描绘了苏武生活的艰苦，显示出他意志的坚决。

使节就是苏武的信念，给苏武以力量。

故事启迪

"富贵不能淫，贫贱不能移，威武不能屈，此之谓大丈夫。"苏武就

30

是一个这样的人。他用他的实际行动向大家展示了自己深深的爱国情。他经历的苦难与孤独是谁也不曾体会的,但是信念支撑着他,直到实现他的愿望。

奇思妙想 ●

1. 匈奴的单于用了多少种方法逼迫苏武投降?

2. 苏武回国后,他最想干的事是什么?

很多同学看过电视剧《大汉天子》吧！这部电视剧里有一个大名鼎鼎的东方朔，他机智幽默，能言善辩。在下面的这个故事里，东方朔私自割了皇上赐的肉，这是多么不礼貌的事啊。他如何向汉武帝解释此事呢？

东方朔割肉

西汉文学家东方朔，是平原（今属山东。）人。汉武帝时，任职太中大夫（官职名称，主要职责是就一些事情发表议论）。东方朔知识渊博，机智幽默，能言善辩，很受汉武帝喜爱。

有一年到了祭祀祖宗的时候，武帝下令赏赐一些肉给宫里的侍从官们，好回家祭拜祖宗。但人们都等到太阳要下山了，主管事务的大官丞还没有来，因而分不成肉。东方朔实在不想等了，便拔出剑来割下一块肉，对同僚们说："今天是伏日，应当早点回家祭拜祖先，皇上赏赐的肉我已经拿到了，所以我先走了。"于是带着肉擅（shàn）自（对不在自己权限范围内的事自作主张。）离去。

"自己动手拔剑割肉，这是多么豪壮的举动啊！"后来，大官丞认为东方朔这样做不符合礼节，更是对自己的不尊重，便将这件事报告了武帝。汉武帝命人将东方朔叫来，问他："昨天赐肉，你为

东方朔的言行显示出他的与众不同。

32

什么不等上面的人来，便私自割下一块肉，提前离开了？"东方朔恭（gōng）敬（对尊长或宾客严肃有礼貌。）地脱下帽子，跪下来谢罪。

汉武帝并非要责备他，因为他擅自割肉、提前离开，也是为了早点回家祭祀祖宗，有他的道理，但也不能不守规矩呀。 于是就说："东方朔，你站起来，自己想想吧。"东方朔听了，再次下拜，然后自言自语说：<u>"东方朔啊东方朔，接受赏赐却不等待上面下命令，你太没礼貌了！自己动手拔剑割肉，你也太豪壮了！割肉不多，你也太谦让有礼了！把肉带回去交给妻子，你也太规矩仁义了。"</u>

汉武帝听了东方朔这一番话，禁不住大笑起来，对他说："东方朔啊东方朔，你实在太聪明了！我让你责备自己，谁让你自己夸自己啊！"

东方朔明着是自我批评，实际是夸奖自己。

故事启迪

东方朔本是自己不对，做出了不合规矩之事，但在后来武帝责问他时，他却巧言夸奖自己一番，实在是让人喜爱。

你也想有东方朔那样能言善辩的本领吗？那就好好学习吧，书读得多了，想得多了，写得多了，自然能出口成章，你就会在别人面前尽显你的口才了。

奇思妙想

1. 东方朔为何私自割肉？

2. 知道汉武帝为什么喜欢他吗？试着写出几点。

韩信是一位有着传奇色彩的人物,他从一个穷孩子成长为西汉的一员大将,这不是偶然的,而是他从小就很聪明。就让我们看看他是怎么分油的吧!

韩信分油

汉初军事家韩信,淮阴(今江苏省淮阴市西南。)人。 因为他帮助刘邦建立了汉朝,功劳巨大,与萧何、张良并称"汉兴三杰"。

韩信小时候穷困潦倒,连每餐混个饱都是难事,周围的人都瞧不起他。 不过有一件事让人们对他的看法有了改变。

那是一天下午,韩信在街上闲逛,看见不远处围着一群人,他是个喜欢凑热闹的人,于是紧跑几步赶上前去。

韩信来到跟前,原来是这么一回事:蹲在地上的两个人是油贩子(贩卖油的人。),原来合伙做生意,现在因为有矛盾,准备将剩下的10斤油平分后就散伙,各自回家。 但他俩手头没有秤(chèng)(测量物体重量的器具。),只有一个装剩油的油缸,一只装3斤油的葫芦和一个能装7斤油的瓦罐。 两人倒腾了半天,太阳都快要下山了,还是不能把这10

英雄多磨难,其成长经历总是有很多相似之处。

用这些器具能将油平分开吗?你不妨试一下。

斤油平分了。

　　这还真不太容易。韩信想着，来到了一边，从地上捡起一根树枝，开始比划起来。很快，韩信就有了办法。他来到人群当中，大声地说："这个事情比较简单嘛，交给我吧。"

　　围观的人一见是韩信，都忍不住哈哈大笑："就你，还会想出办法来？""喂，大人们在商量事情，小孩子别来捣乱。""韩信，你是不是饿了，是不是想喝人家的油啊？"面对众人的讥笑，韩信的泪水在眼眶里直打转。

　　油贩子可不这么想，只要能把油平分便是好事。其中一个说："小孩，你有什么好办法？"

　　韩信伸直腰杆，不紧不慢地说："先两次把葫芦灌满油，倒进空瓦罐中；再第三次把葫芦灌满油，把能装下7斤油的瓦罐装满。这样，瓦罐里有7斤油，葫芦里有2斤油，油缸里还剩1斤油。这是第一步。"

　　片刻之间，人群安静下来，油贩子也按照韩信所说的做了一遍。

　　"第二步：把瓦罐里的油全部倒入油缸内，这样油缸中共有8斤油。再将葫芦里的油倒入空瓦罐中。这三个器具中的油各重多少应该很清楚了。葫芦里是空的，油缸中有8斤油，瓦罐中有2斤油。"

　　"第三步：将能装3斤油的葫芦灌满，倒进瓦罐。这10斤油不就平分了吗？"

　　听了韩信的话，油贩子几下就把油分好了。围观的人群还在回味韩信的话呢，韩信却已不知去向。不过，从此以后人们再也不敢小瞧他了。

韩信一会儿就想出了好主意，人们能相信一个小孩吗？

韩信用自己的聪明才智最终改变了人们对他的看法。

35

故 事 启 迪 ●•••••••••••••••••••••••••••••

　　韩信自小家贫,但这丝毫不会妨碍他养成勤于思考的习惯。大人们解决不了的问题他却解决了,怎么能不叫人敬佩? 也许你的家境也不富裕,但只要你开动脑筋,你会比别人更快乐。

　　记住,要靠真才实学赢得他人的尊重!

奇 思 妙 想 ●•••••••••••••••••••••••••••••

　　1. 你知道韩信胯下受辱的故事吗?

　　2. 一个人要想成功应具备哪些素质?

西汉名将辈出，李广就是其中一位有传奇色彩的人物。李广多次与匈奴人交手，屡战屡胜，匈奴人听到他的名字就非常害怕，这是为什么？我相信，读过下文你就知道了。

李广传奇

西汉名将李广出身将门，擅长骑射，是西汉初期抗击匈奴的著名将领。 汉文帝时，匈奴大举进犯，他时常随军出战，因为作战勇敢，善于杀敌，被选为侍卫官。 每逢跟随文帝外出巡（xún）视（到各处视察。）、游猎遇到危险时，他总是一马当先，为文帝解除危险。 文帝说他如果生在高祖的时候，至少应该被封个万户侯。

李广的杰出才能在平时就表露无遗。

景帝即位后，李广历任各边郡郡守，多次跟匈奴交手，屡战屡胜，名声大振。 有一次，他带领100多名骑兵追赶3名匈奴射手，他亲自拉弓搭箭射死两人，活捉一个。 突然几千名匈奴骑兵在他们前面出现。 李广的部下吓得手足无措，欲掉头逃跑。

李广对部下说："我们和大军相距好几十里路，如果掉头逃走，匈奴人会立即追上来，那我们全部都得死；如果我们留在这里不走，匈奴人疑心我们后面也有援军，必定不敢来攻击。"说罢，不

李广在敌众我寡的情况下，不慌不忙，利用敌人的疑心，想出了脱身之计。

仅不后退，反而下令前进。

来到离匈奴军阵只有两里路远的地方，李广又下令："全体下马，解下马鞍。"汉军一起下马解鞍。匈奴人很奇怪，不知是何用意，纷纷交头接耳。这时，一个骑白马的匈奴将领出阵。李广一跃而起，带着十几个人纵马飞驰到匈奴阵前，一箭射死那白马将军，然后又奔回原地。

天渐渐黑下来了，匈奴人的疑心也越来越大，虽然一直保持作战状态，但就是不敢出击。到了半夜时，他们以为汉朝伏兵一定会趁夜色掩护而出击，于是悄悄地退走了。

李广料定敌人已经走远，才带着一百多人返回。

大敌当前，李广临危不惧，沉着应战，不愧为大将风范。

故事启迪

李广能在众多敌人面前毫不畏惧，想出办法冲出包围圈，这不仅靠他的神勇，关键还是靠他的智慧。可见，李广是一个有勇有谋的人。智勇双全的人才能成为真正的大将，才称得上是帅才，才是不折不扣的英雄人物。

我们在遇到突发事件时，一定不要慌张啊，要静下心来，想想我们到底应该如何处理它们，才能在最少的时间里，赢取最大的胜利。

奇思妙想

1. 当几千名匈奴骑兵出现在李广面前时，他真的不害怕吗？

2. 李广用什么办法让匈奴悄悄撤退了？

因为大象生长于南方,所以北方人难得一见。当大象来到北方后,人们就想:大象那么大,它到底有多重呢? 没有那么大的秤来称大象,怎么知道大象的重量呢? 曹冲想了个好主意。

曹冲称象

据说,三国时期的吴王孙权派人牵来一头大象,送给曹操作礼物。

大象生长于南方,曹操的大臣们大多是北方人,都没有见过大象,他们围着大象,东瞧瞧,西看看,七嘴八舌地评论起来。 有人说:"这鼻子也太长了,它怎么呼吸呀?"有人说大象的腿像石柱一样粗,一脚踩下去准能踩死一头猪;有人说大象的身躯像一个土堆,象背上还可以睡人。 ……

这里用了比喻的手法,表现没见过大象的人看到大象的惊奇。

大家谈兴正浓时,不知是谁说了一句:"这家伙有多重,有谁知道吗?"话音未落,现场立刻安静下来。 是啊,这个庞然大物究竟有多少斤呢? 称它的话,抬起来恐怕就要好几十个人,问题是没有这么大的秤啊。 总不能把大象杀死,割成一块一块地称吧。 大伙你看看我,我看看你,都摇头不语,都不知道怎样秤它才好。

一个叫曹冲的小孩从人群中钻出来说:"我知道怎么称它的体重。"大家一看,原来是个小孩,以为是闹着玩，没有人相信他。

曹冲见众人不相信自己，便嚷道："给我一把刀，一条船，一大堆石头，我就能知道大象的体重。"大家还是不作声，称体重和刀、船、石头有什么关系啊？这时，一位满头白发的年长者问道："小孩，你说有办法，说出来听听。"

曹冲不慌不忙地说："我的办法有三个步骤（zhòu）（事情进行的程序。）：先把大象牵上船，因为有重量，船身会沉下去一部分，用小刀在船舷上划出水位线；然后把大象牵下来，把石块装上船，直到水面与上次在船舷上划出的水位线相同为止；最后把石块卸（xiè）下来，称石头的重量。 这些石块的重量加在一起，也就是大象的体重。"

大家听了，都拍掌叫好，称赞他是一个聪明的孩子。

曹冲实在太聪明了，能想出这样的办法称大象。

故事启迪 🎮 ● ● ● ● ● ● ● ● ● ● ● ● ● ● ● ● ● ● ●

大象那么大，没有足够大的秤来称它，这可如何是好？曹冲小小年纪解决了一个大人们都解决不了的问题，实在是聪明！有些时候，大人们老是从一个固定的角度考虑问题，问题就解决不了。孩子不会拘泥于固定的思维模式，就会在这时想出一些新奇的想法来解决它，孩子的力量也是无穷的！

小朋友，开动脑筋吧，也许你会有意想不到的收获。

奇思妙想 🎮 ●

1. 曹冲称象经过了几步？请你复述他称象的步骤。

2. 假如你也去称象，你有什么好的方法？请说说看。

看过《三国演义》的动画片吗？你们最喜欢哪个人物？是义薄云天的关羽，是奸诈狡猾的曹操，还是智慧的化身——诸葛亮？我们会从他身上学些什么呢？请看下文。

诸葛亮七擒孟获

刘备去世之前，嘱托诸葛亮尽心尽力地辅佐刘禅治理蜀国。诸葛亮不负重托，将国家治理得井然有序。

正当这时，南中地区（指今天四川南部、云南、贵州一带。）发生叛乱，这给蜀国统一大业带来了很大的威胁。因此，诸葛亮要去南中地区平乱。

叛乱的首领是南中一带的孟获，他在当地很有威望。诸葛亮本来可以很轻松地平定这次叛乱，但让南中一带的百姓真心归附却不太容易，于是，诸葛亮决定采用攻心策略。公元225年3月，蜀军大举南征，直逼南中叛乱部队的营地。孟获有勇无谋，诸葛亮利用他的弱点，设计将孟获第一次生擒。

当孟获被带到诸葛亮面前时，诸葛亮立即叫人给他松绑，并好言劝他归降。可是，孟获心里不服输，说是由于自己不小心上了蜀军的当。为了让他

> 自古天下最难之事当属降服人心。

> 诸葛亮对待虏获的敌人非常客气，他想收服孟获的心。

心服口服，诸葛亮便下令将孟获放了。

孟获回去后，重整军队，再与蜀军作战。由于没有诸葛亮的智谋高，他再次被活捉。诸葛亮又劝他归顺，可孟获仍是不服，诸葛亮又把他放了。

就这样，孟获被捉了放，放了捉，前前后后共计七次。第七次被捉时，诸葛亮又要放他，可他却不愿再回去了。孟获含泪对诸葛亮表示心服口服，同意永远归顺蜀国。

诸葛亮七擒孟获，不仅平定了南中地区，而且加强了民族团结，有力地推动了西南地区经济的发展和统一的进程。

打动孟获，不仅是诸葛亮的智谋，还有他的胸怀。

故事启迪

诸葛亮的一生是一个任何人打破不了的神话。他的智慧无人能敌，他的成功不仅取决于自己的用兵策略，更取决于他的攻心术。从他七擒七纵来看：他的心胸是多么宽广，多么令人钦佩啊！很多时候，想要别人真正服你，光靠真本事是不够的，还要善于体会别人的感受，要有宽广的胸怀，唯有这样，你才会叫别人对你心服口服。

奇思妙想

1. 诸葛亮为什么要七擒七纵孟获而不一次把他解决掉？

2. 你还知道《三国演义》中其他人物的哪些事迹？

42

三国时,吴国有一员大将,名叫吕蒙,他为吴国立下了汗马功劳,可是美中不足的是他识字不多。国君孙权很看好他,于是对他作出了一个要求。这个要求是什么呢?吕蒙能达到要求吗?

士别三日,刮目相看

三国时,吴国有一员大将,名叫吕蒙。吕蒙从小练就了一身武艺,并且十几岁时就开始在军队中服役。打仗时,他冲锋陷阵,十分勇敢,往往会手提大刀,第一个杀入敌阵,为吴国立下了许多汗马功劳。提起"吴下阿蒙"(吴下:现江苏长江以南;阿蒙:指吕蒙。居处吴下一隅的吕蒙。比喻人学识尚浅。),人人都知道。

"吴下阿蒙"这个成语原来是从这里得来的。

可是,吕蒙识字不多,自称"大老粗",不爱学习。吴国国君孙权劝他要多读点书,对他说:"你身上的担子很重,没有文化是不能统率千军的,一个将军不仅要勇敢,还要有智谋,才能服众。"吕蒙听了不以为然(然:对,正确。不认为是对的,表示不同意。含有轻视意味。),心想:"我没读多少书,也不比别人打的胜仗少啊!"他对孙权说:"军营里的事情太多了,没有多余的时间读书啊!"孙权知道他在找借口,就很严肃地批评了他,列举了许多刻苦学习才成就不凡的人的例子,并说:"要

吕蒙从心底里对读书的重要性认识不够。

想读书学习，时间总是可以找到的。"

吕蒙听了孙权的教导以后，就发奋读书。白天忙于处理军务，但晚上常常挑灯夜读，逐渐就喜欢上了读书，甚至，有时很晚还不睡觉。几个月下来，吕蒙的知识明显丰富多了。

有一次，吴国的军师鲁肃到军营来看望吕蒙，两人一起讨论问题。鲁肃发现吕蒙的举止谈吐跟以前相比好像换了个人似的，感到很惊讶，问道："吕将军好像与以前不大一样，是怎么回事啊？"吕蒙听后爽朗地哈哈大笑："朋友相处，三日不见，当刮目相看，我早就不是以前那个粗鲁的阿蒙了!"鲁肃看到他的进步，十分高兴。

孙权也听说了吕蒙发奋读书的事，对他更器重了，还经常在别人面前称赞吕蒙，要求其他将领要以吕蒙为榜样，好好学习文化。

发奋勤学是人最好的老师，它可以补拙，可以为人创造智慧！

读书能增长知识，提高素质，也更能赢得别人的尊重。

故事启迪 ●●●●●●●●●●●●●●●●●●●●●●●●●●●●●●●

吕蒙原来以勇气与武艺闻名于诸侯，但是一个好的将领只会这些是不够的。他听从了孙权的教诲，发奋苦读，最后成了智勇双全的人。

他的学习精神值得我们学习。他还有一个优点也值得我们学习：吕蒙能够虚心听取别人的建议，努力改造自己。所以当别人指出你的错误时，你要虚心接受，狡辩会叫人觉得你很没上进心。也许，你的成绩现在不尽如人意，但只要你努力学习，终有一天也会令人刮目相看。

1. 开始时吕蒙为什么不愿学习,真的是军中事务繁多吗?

2. 你能用自己的话解释"士别三日,刮目相看"的意思吗? 试试吧。

蜀国丞相诸葛亮率兵攻打魏国。屯兵阳平的一天,大军都攻打魏国去了,在这时,魏军来袭,城中只有老弱残兵,难以敌众。诸葛亮是怎么应对的呢?他能保住城中人的生命吗?

空城计

三国时期,蜀国丞相诸葛亮率兵攻打魏国,屯兵阳平。 有一天,大部队被派出城去攻打魏军,城中只剩下了一些老弱残兵。 恰恰这个时候,魏军大都督司马懿(yì,用于人名。)乘机率领大队人马前来攻城。

城中的蜀军听到这个消息后,都吓得变了脸色,手足无措。 诸葛亮却不慌不忙地说:"大家沉住气,一切听从我的安排,一定要保持镇定。 把城上的旌(jīng)旗(各种旗子。)都隐藏起来,士兵们各守哨位,不许随便走动和高声说话;大开城门,每一个城门前安排 20 名士兵假扮成老百姓,清扫街道。 到时候我自有办法退敌。"

一切都准备好了,诸葛亮头戴纶(guān)巾(古代配有青丝带的头巾。),手持羽扇,登上城楼,凭栏而坐,让两个书童点上香,打开扇,悠闲地弹起琴来,仿佛不知道魏军就要来到城前似的。

魏军先头部队赶到城下, 见到诸葛亮这般模

城中蜀军的惊慌失措与诸葛亮的镇定自若形成了鲜明的对比。

样，都一头雾水，不明所以，急忙派人去报告司马懿。 司马懿来到城前，只见城门敞开，二十几个老百姓正低头清扫街道，诸葛亮在城楼凭栏而坐，从容弹琴，悠然自得，一切都显得那么镇静。

眼前的情景让司马懿感到十分困惑，这怎么回事？满腹疑惑的司马懿心想："诸葛亮向来办事谨慎，从不做冒险的事，现在他大开城门，城内肯定设有伏兵，想诱我入城，对，我决不能上他的当！"一想到这里，司马懿急忙下令退兵。

司马懿依据固有经验作出判断，让他错失取胜良机。

众人见魏军都撤走了，这才放下心来，纷纷夸赞诸葛亮料事如神、机智多谋。 诸葛亮却说："司马懿知道我从不鲁（lǔ）莽（mǎng）（不仔细考虑事情。），他以为城里有埋伏，怕中计上当，所以就走了。 这不是料事如神，我实在是迫不得已，才走的这步险棋啊！"

诸葛亮的这个计策，后来人们就叫它"空城计"。

故事启迪

机智勇敢的诸葛亮料事如神，用智慧战胜了司马懿。他利用敌人的心理弱点和敌人对他的了解，用空城计不费一兵一卒吓退魏军，实在是高明。

这种料事如神的本事是建立在对敌人性格与弱点充分分析的基础之上的。诸葛亮最擅长用的是攻心术。我们要参加什么比赛的时候，也要对对手有充分的了解，那样才能出其不意，获得胜利呀！

奇思妙想

1. 诸葛亮用了什么办法让司马懿退兵的？试着几个人分角色将故事表演出来。

2. 诸葛亮利用了司马懿什么缺点？

什么人会一身是胆？难道他有三头六臂？三国时，刘备称赞赵云一身是胆，下文讲的就是赵云的故事，想必他有特殊的本领。就让我们去看看吧！

一身是胆

公元219年，刘备与曹操在汉中地区决战。一天，老将黄忠率军去抢曹军的粮食，赵云带着几十名骑兵随后接应他。赵云正沿山间小路行走，突然，前面冒出一大队曹军人马。原来，曹操正在调动兵马，前锋正巧与赵云迎面撞上。赵云见状，率领几十名勇士直接向前冲杀。赵云左刺右挑，曹军纷纷落马。这时，曹操的大队人马正好赶到，便布好阵形，准备迎战。

看见曹军那么多人马，而自己只有可怜的几十人，赵云手下的骑兵们禁不住脸上变色，双腿颤抖。然而赵云毫无惧色，他大喝一声，挺枪拍马，杀向敌军深处。

曹军不清楚蜀兵的数量，又挡不住赵云的神勇，立即阵脚大乱，纷纷逃命。后来发现赵云只有几十个人，跑散的曹军又聚集了起来。

赵云也不恋战，及时向后撤退。曹军紧追不

尽管自己只有几十个人，可是赵云毫不畏惧，与胆小的骑兵形成鲜明对比，突出了赵云的英雄气概。

舍，赵云边战边走，最终把手下骑兵安全带回大营。<u>另一个将领张翼见大队曹军追杀而来，想坚守城门不出。</u>赵云回头看了看曹军，下令将营门大开，所有的人都准备好，等候曹军的到来。

曹操率军追到蜀营门口，不见一个人影，营中偃(yǎn)旗息鼓(放倒军旗，停击战鼓。指秘密行军，不暴露目标。也指停止战斗。)，静得让人怀疑。<u>曹操又想：赵云率几十个骑兵，居然敢来冲杀，又退得不急不忙，将我军引到这里，莫非是什么陷阱？想到这里，他不敢大意，连忙下令撤兵。</u>

赵云在营中听到曹操撤军，立即命令所有的鼓手和弓箭手，一起出动，一时间鼓声震天，那声势使人觉得四面八方都是蜀国的军队。弓箭手按照赵云的命令，跟随在曹军后面猛射，却不向前冲杀。曹军后队士兵纷纷中箭，没被射死的惨叫着往前猛冲，很快，全军大乱，自相践踏者不计其数，逃到汉水边上时，很多人又被挤入水中淹死。

第二天一早，刘备亲自来到赵云的营中，了解了昨天的战况，由衷(衷心的；出自内心的。)地赞叹说："赵云一身都是胆啊！"

赵云又一次做出大胆的决定，表现了他的有勇有谋。

曹操的多疑让他错失取胜良机。

故事启迪 🎧 ···

在敌我力量悬殊的情况下，他毫不畏惧；在兵临城下时，他沉着冷静。这才是真正的勇猛！

2008年我们经历了汶川地震，地震中很多人惊慌了，在地震中丧生。我们渴望和平，但灾难还是会不期而至。所以在面对危机时，一定要勇敢沉着，要用一颗平常心对待，相信自己一定能应付下来！

1. 你能想象赵云在面对数千敌人时的心理活动吗?

2. 曹操会怎样评价赵云呢?

诸葛亮虽然是智慧的化身,可是他在带兵过程中也遇到了很多难题,他也有无可奈何的时候。当他的爱将马谡犯下大错时,他将如何抉择?

挥泪斩马谡

马谡(sù,起来。这里用做人名。)是诸葛亮在军事方面的重要助手,但他刚愎(bì)自用(形容人固执,自以为是,听不进别人意见或劝说。),实际战斗经验不足。刘备在临终前曾提醒诸葛亮说:"马谡不可派大用场,你一定记住。"

公元 228 年,诸葛亮举兵北伐,马谡是先锋。结果马谡不听诸葛亮的指挥自作主张,失去了军事要塞街亭,使诸葛亮前功尽弃,无功而返。

诸葛亮回到汉中后,便将马谡打入牢狱。马谡羞愧交加,知道自己违犯军令,大错已经铸成,性命难保,就在狱中写信给诸葛亮,请求不要把他的罪责连及家人。诸葛亮答应了他的要求,第二天便下令将马谡处死。

马谡被处死后,诸葛亮亲自来祭奠,痛哭流涕,伤心欲绝。他还收留了马谡的孩子,负责抚养他们成人。

刘备具备识人的眼光。

诸葛亮实际上也舍不得杀马谡,可是他违犯了军法,军令如山,不能不杀。

后来，蒋琬问诸葛亮："现在正是用人之际，你把马谡这样足智多谋的人杀了，难道不可惜吗？"

诸葛亮长叹一声，说："当初孙武能够克敌制胜，就是因为军纪严明。现在，北伐刚刚开始，马谡就触犯军令，使街亭失守。如果不斩，纪律何以严明？没有严肃的纪律，又何以打胜仗？"说完，诸葛亮忍不住泪流满面。蒋琬对诸葛亮的一片良苦用心也全明白了。

诸葛亮挥泪斩马谡是以国家利益为重。

故事启迪

在良将与军纪两个问题中，诸葛亮做出了艰难而明智的抉择，他最终还是杀了马谡，维护了军纪的严正。从中我们可以体会到：在遇到难题时要以大局为重，不要只根据个人的喜好作出决定。诸葛亮的宽厚仁慈是我们要学习的，他的公私分明也是我们要学习的。

奇思妙想

1. 诸葛亮为什么要杀马谡？

2. 自作主张、不听上级指挥的下场是多么可怕啊，你若是马谡，你会怎样忏悔？

每年的初夏是青黄不接的时期,新的粮食还没有收上来,家里穷得连买灯油的钱都没有了,爱读书的车胤又怎会有钱买蜡烛呢? 这可如何好? 车胤是用什么方法在夜里读书的呢?

囊萤夜读

车胤(yìn,这里用做人名。)是晋代人。 因为家里很穷,他小小年纪就要帮着家里干活,可他人小志大,立志要做一个有学识的人。 白天干活的时候,还常常把书带在身边,一有空闲便掏出书来读一会儿。 晚上更是不会放过读书的机会,往往一读就是深夜。

我们要学习他这种昼夜不停学习的刻苦精神。

每年的初夏是青黄不接的时期,新的粮食还没有收上来,家里穷得连买灯油的钱都没有了,每到晚上车胤只好早早睡觉。 晚上的时间白白浪费掉了,这让他很痛心,有什么办法能让自己晚上读书呢?

交代了捉萤火虫读书的背景。

有一个夏天的夜晚,他和小伙伴们一起玩捉迷藏的游戏,你躲我藏,你追我赶,玩得开心极了。过了一会儿,小伙伴们看到飞舞的萤火虫,都手忙脚乱地跑去捉,然后把捉到的萤火虫都交给车胤。车胤把它们都放在自己衣服的口袋里,一团萤光透过口袋照射出来。 车胤忽然灵机一动：要是能多捉些萤火虫，把它们放在薄一点的袋子里，那就是一盏灯啊！"他对伙伴们说："从今天起，你们每天都捉萤火虫给我，我给你们讲许多好听的故事，行不行？"大家都知道车胤会讲许多好听的故事，平时一有空，都喜欢缠着他讲故事，现在见车胤这样说，就愉快地答应了。

妈妈帮车胤用白色的薄纱缝了一个小囊（náng，口袋。）来盛萤火虫。 每天夜晚，小伙伴们都会给车胤送来几十只萤火虫，车胤给他们讲完故事后，他们就回家睡觉。 车胤回到家里，挂起"萤火灯"，借着这闪闪的"灯光"读起书来。

车胤后来终于成了一名很有学问的人，为国家做出很多贡献。 他的这种刻苦学习的精神，一直让后代人敬仰。

多么聪明的车胤啊！为了读书，能想出这么好的办法。

故事启迪

小小的车胤用智慧与勤奋为自己打开了读书之门。同时，他又为小伙伴们带去了好听的故事，这不就是双赢吗？很多时候在困难面前，我们被它们可怕的外表迷惑住了，但是不要害怕，不要退缩，办法总是比困难多。只要你有恒心、信心、决心，你也会成为像车胤一样勤奋聪明的人。

奇思妙想

1. 你见过萤火虫吗？你能用画笔画下它们的容貌吗？

2. 在没有电的情况下，为了照明，你会想出哪些方法？

你知道祖逖这个人吗？是什么让他闻鸡起舞？是什么让他在晋元帝不支持的情况下依然北伐？他为什么会得到百姓的爱戴？就看看下文吧。

闻鸡起舞

祖逖（tì），字士雅，是晋朝人。祖逖年轻的时候，有远大的抱负，立志要为国家效劳，做一番轰轰烈烈的大事。

祖逖有一位很要好的朋友，叫刘琨（kūn）。两人年龄差不多，志趣相投，都有报效国家的志向。他俩夜间同睡一床，经常谈到深夜。有一天半夜，忽然听见鸡啼。祖逖没有睡着，一听鸡啼，更睡不着了，便叫醒刘琨，问他听见鸡啼声没有。祖逖说："这鸡啼声并不可恶，倒可以激励人心，咱们起来舞剑吧！"刘琨一听，披衣下床，拿起剑，跟祖逖一道来到院子中，练起剑来。就这样，两人一直练到天亮。

后来，趁晋朝内乱的机会，北方的少数民族占领了中原。和许多人一样，祖逖带着家属和亲戚朋友，被迫离开家乡到南方避难。由于祖逖武艺高强，为人大方，又很有志气，大家都非常尊重他，

就是因为他刻苦，才练就了高超的武艺。

古人迷信，以为半夜鸡啼是不祥之兆。

很多人过来投靠他，希望他带领大家，赶走入侵者，重返故乡。

公元 313 年，祖逖主动向晋元帝请战，要求率兵北伐。晋元帝并不想北伐，但也没有拒绝祖逖的要求，可是，他不给祖逖一兵一卒，只拨给他 1000人的粮食和 3000 匹布，剩下所需的一切都要祖逖自己想办法。

虽然朝廷不全力支持，可祖逖并没有放弃北伐的决心。他带着几百名志愿北伐的壮士，渡江北上。船到江心，祖逖敲着船桨，大声地发誓："北伐如不成功，我祖逖决不再踏入这条大江。"随行的人听了祖逖的豪言壮语，一个个热血沸腾。

过了江以后，祖逖一边召集人马，打造兵器，一边与敌人作战。中原的老百姓给他们送来了粮食和马草。这样，祖逖很快就收复了黄河以南的大部分土地，羯（jié）族的后赵王石勒被迫前来求和。

可惜的是，此时的东晋朝廷内部勾心斗角，意见不一，统治者无心抗战，还派了一个叫戴渊的人来做祖逖的上司，以便牵制他。祖逖见朝廷如此，很是失望，不久，他便悲愤而死。

朝廷对待北伐的漠然态度与百姓的热情形成鲜明的对比！

祖逖北伐意志坚定，感人至深。

朝廷的昏庸断送了国家复兴的大好前景，真让人痛恨。

故事启迪

不管经历了多少挫折，不管皇帝是否支持，祖逖都为自己的理想而奋斗。其实，每个人心中都有一个或多个理想，有时它们会很渺茫，有时会很近，只要你有祖逖一样的坚持，只要你有祖逖一样的勤奋，你就已经走在通往成功的康庄大道上了。

奇思妙想 ☯ •••••••••••••••••••••••••••••••••••

1. 在朝廷不支持的情况下,祖逖为什么还要坚持北伐?

2. 晋元帝为什么要派人牵制祖逖?

先读为快

梁朝侯景叛乱,叛军逼进京城近一个月,羊侃积极防御。可是,就在他议事时,突然有士兵来报,只见士兵只哭不说,是什么事呢?羊侃会做出怎样的应答?结果如何?

弃子救国

公元 548 年,梁朝侯景叛乱,叛军逼近京城,已围城近一个月了。 羊侃(kǎn,这里用做人名。)积极准备防御敌人攻城。

这天,他正和偏将们议事,士兵急匆匆跑来报告:"侯景又在城下挑战。"

羊侃起身出门,边走边问:"侯景又想干什么?"那士兵却只哭不说。 羊侃觉得纳闷,策马急走。 登上城楼一看,原来敌人抓了自己的儿子。 羊侃顿觉如雷轰顶,但又不得不强(qiǎng,勉强。)作镇定。

侯景在城下大叫:"羊侃,你看见了吗? 真是上天助我,你儿子成了我的俘虏啦!"

羊侃这时大声说:"我羊侃为了效忠国家,宁可牺牲全家的性命,你以为我会在乎我一个儿子吗? 你现在就杀了他吧,免得我挂念!"说完扭头就走。 下城楼时,要不是手扶城墙,他几乎跌倒。 回到府中,虽然心中悲痛不已,但还是坚持阅读文书,去

侯景以孩子的性命来要挟羊侃,实在是卑鄙。

国家利益高于一切,羊侃的抉择震撼人心。

59

京城各门巡视。

几天后，侯景又到城下挑战。并对城头的羊侃说："你想好了吗？你要不投降，我今天就当着你的面，将你儿子杀了。"

羊侃咬着嘴唇，看看儿子，大声叫道："儿子，我以为你早已死了，想不到你还活着。你现在成了叛贼的人质，也扰乱我的军心，你不能再活下去了！"说着夺过身边士兵的弓箭，张弓搭箭，向儿子射去。

侯景连忙伸手将羊侃的儿子一拉，要不然这一箭肯定会把羊侃的儿子射死。侯景见羊侃如此心坚如铁，也没有什么办法，只好回营。他没有杀羊侃的儿子，羊侃如此忠义，侯景的将士们都十分佩服。他怕杀了羊侃的儿子会使部下不满。

后来，羊侃因劳累过度而病倒，他再也没能下床，为保卫京城献出了自己宝贵的生命。

大义凛然！心怀悲痛，射出了不朽的一箭！伟大的人格顿时傲然而立！

人格高尚必定会赢得别人的尊重，甚至包括对手。

故事启迪

羊侃为了国家的利益，宁愿舍弃自己的儿子。他的忠肝义胆，他的深明大义，他的鞠躬尽瘁，无不让我们汗颜，让我们佩服得五体投地！

我们在学校学习，常常会碰到自己的利益与集体的利益发生冲突的时候，这时就是考验我们的意志与人格的时候，只要你感情的天平倒向了集体，你的心灵就是美好的，你的人格就会得到升华。

奇思妙想

1. 如果你是羊侃的儿子，你会理解父亲的做法吗？
2. 你可知道，羊侃还是一个多才多艺的人？试着搜索他的资料。

自古以来就有很多想要称王称帝的臣子，宇文直也不例外，他趁皇帝避暑之际率兵袭击肃章门。尉迟运奋力守护皇宫，他能守住皇宫吗？用的是什么办法呢？下面的故事会告诉你。

火上浇油

北周皇帝去外地避暑了，皇宫由尉(yù)迟(chí)(复姓。)运负责守卫。 宇文直却乘机率兵袭击肃章门，想自己当皇帝。

尉迟运接到报告，直奔肃章门。 只见守门卫兵在奋力关门，叛军正在拼命推门，眼看门就要被推开了。 尉迟运大吼一声，冲上前去，用尽全身气力拉上了门闩。 叛军们用力撞击大门，却怎么也撞不开。

宇文直恼羞成怒，便令叛军们在门外堆起木柴，再浇上油，想用火攻。 霎时，肃章门外大火熊熊，宇文直狂笑起来，情形万分危急。

守门卫兵们恐慌万分，他们知道这样烧下去大门很快就会被烧掉，城门就会失守。 他们赶忙提水救火。 突然，尉迟运命令道："不要救火，快去找木柴!"

卫兵们大惑不解，但只好听从命令。 不一会儿，各种各样的木材就塞满了门洞，尉迟运又让卫兵抬来两桶油浇在木材上，然后点燃。 霎(shà)时

遇到这样的情况怎么办呢？尉迟运能想出对策吗？

（短时间。）之间，门洞内便浓烟滚滚，火光冲天。

"这不是火上浇油吗？"一个卫兵满脑子的不明白。

尉迟运笑着说："烧吧，烧得越旺越好。"原来尉迟运是要用大火封住大门，把叛军隔在门外。

火越烧越大，照得皇宫内外一片通明。 不一会儿，长安城的百姓和驻守京城的军队都赶来了。 宇文直没想到尉迟运会火上浇油，而守城军队会很快赶到，他只好撤退。 尉迟运带着士兵乘机追杀，杀得叛军四散奔逃，宇文直惶惶如丧家之犬，逃到了荆州。

皇帝知道后，杀了宇文直，把尉迟运提拔为大将军。

尉迟运出人意料地运用逆向思维，取得满意的战果。

故事启迪

火上浇油比喻使人更加愤怒或助长事态的发展。也许，你听了这个解释会认为它是个贬义词，但事物都是两面的，只要把它们用在了对的地方，它们就会发挥正确的作用。尉迟运能在危急时刻保持冷静并且急中生智，想出了这么妙的办法，实在值得称赞。

要想在关键时刻作出一个正确的决定，需要你的勤学苦练与大胆的实践。只要你努力，你也会成为聪明的小尉迟运的。

奇思妙想

1. 在情况万分危急的情况下，如果你是尉迟运，你还会想出其他什么办法？

2. 有时，时间就是生命，尉迟运用火上浇油的办法阻挡敌人的进攻，为增援赢得宝贵的时间。你还能将此法运用到哪些地方？

　　唐太宗曾把魏征比做自己的一面镜子,可见,魏征在他的心中有着很重要的地位。可是在他登基之前,魏征却千方百计地想要杀了他。这是为什么呢?

不打不相识

　　说起唐太宗李世民,人们就会想到魏征。 的确,凭着他的正直和才识,魏征成为李世民最为信任的人之一。 其实,魏征与李世民,一开始可以说是不打不相识。

　　隋末天下大乱的时候,魏征参加了农民起义,失败后做了李世民的哥哥太子李建成的手下。 魏征见李世民的势力越来越大,就多次劝李建成除掉李世民,但李建成没有及时采纳他的建议,反被李世民杀掉了。

　　事后,李世民特意把魏征召到自己面前,责问道:"我听说你曾经多次给李建成出主意杀我,你干吗要挑拨我们兄弟间的关系?"

　　旁边的人听了,都为魏征担心,可魏征却毫无惧色,他看了李世民一眼,惋惜地说:"要是太子早听我的话,今天也就不会是这个样子了。"

　　一旁的人听了,惊得目瞪口呆(瞪着眼睛说不出

魏征在李世民面前镇定自若,不承认自己错了,李世民会怪罪他吗?

话来。形容吃惊或受气而发愣。），这魏征不但没有向李世民赔罪，反而为太子遗憾，真是不想活了，他今天肯定要被处死了！

可是，李世民并没有生气，他早就听说魏征是个有主见和个性的人，今天一见，他更是觉得他是个难得的人才。于是，李世民立即任命魏征为詹事主簿（bù）（古代的官职。），料理自己的文秘工作。李世民即位后，又任命他为谏议大夫，成了自己的主要大臣之一。

> 李世民不计前嫌而任用魏征，显示出他宽广的胸怀。

故事启迪

太子李建成没有听从魏征的建议杀死李世民，结果死在李世民手中，可见魏征有先见之明。太子死后，魏征面对李世民毫无惧色，实在是有胆有识。李世民用他的宽容之心使得魏征对他鞠躬尽瘁，死而后已，也是李世民的福气。

奇思妙想

1. 唐太宗李世民的历史功绩是卓越的，他的哪些品质值得我们学习？

2. 生活中不是没有美而是缺少发现美的眼睛，你能发现身边的美吗？

《静夜思》可以说是家喻户晓,这就是伟大的"诗仙"李白的诗作。你知道吗?他小的时候是一个顽皮的孩子。是什么事情改变了他的态度,让他去发奋苦读的呢?

铁杵磨成针

唐朝的时候,涌现出许多伟大的诗人,李白是其中最著名的一位。 他创作了大量流传到今天的优秀诗篇,人们因此尊称他为"诗仙"。

李白能成为我国伟大的诗人,主要是他坚持刻苦学习的结果。

在李白小的时候,父亲把他带到四川,并把他送到山中的一所学堂去读书。 可是,李白那时不太爱学习,觉得读书太枯燥(zào)(单调,没有趣味。),每天捧着书本读啊背啊,觉得永远也读不完。 还不如离开学堂,到外面去四处游玩好。 因此,他常常逃课,跑到外面去玩。

有一次,他又偷偷地跑了出去。 他在外面东游西荡,看看花,追追鸟,很自由地走来走去。 走到一条小河边,他看到一个老奶奶坐在河边,手里拿着一根很粗很圆的东西,正低着头在石头上用力地磨。 李白感到很奇怪:"这是什么呀?"他好奇地

勤奋刻苦是成功的重要条件,这一点在李白身上也得到了体现。

65

走近才发现原来是根铁杵（chǔ，棒的意思。）。 看着白发苍苍的老奶奶聚精会神地在磨铁杵，李白更奇怪了，他问老奶奶："您磨铁杵干什么呀？"

老奶奶抬起头来看了看李白，回答说："我在做一根绣花针。"

李白听了大吃一惊："什么？这么粗的大铁棒子要磨成绣花针？这要磨到哪一天啊！"老奶奶对他说："只要功夫深，铁杵磨成针。 只要我坚持下去，今天磨一点，明天磨一点，每天磨掉一点，天天不断，总有一天会磨成针的。"

李白恍然大悟，明白了其中的道理。 他想读书也一样，没有耐心是不行的。 于是，他从此再不到处闲逛，而是回到学堂里继续读书。 从此以后，李白就一直把"只要功夫深，铁杵磨成针"这句话记在心间，认真而刻苦地学习，读了许多书，终于成了伟大的诗人。

那么粗的铁杵能磨成绣花针吗？

老奶奶的话说明了坚持的作用。

故事启迪

那么粗的铁棒，要我们一下一下地磨成细细的针，我相信，没有几个人会这么做的。白发苍苍的老奶奶却这么做了，而且坚信铁杵一定能成针。是啊，学习不就是如此吗，只要你认认真真地学习，做好每一道题，持之以恒地学习，你会成为最棒的学生！

奇思妙想

1. 你听过"水滴石穿"的故事吗，这两个故事有什么相似之处？
2. 你对李白有怎样的认识？能否讲给身边的人听？

你知道历史上有名的"安史之乱"吗？在敌我力量悬殊的情况之下，是谁平息了这场叛乱呢？他用了怎样的计谋使得史思明兵败呢？就让我们认识一下他吧。

施计败叛军

公元 759 年，叛军首领史思明带兵南下进攻河南。镇守河南的唐军元帅李光弼深知史思明兵力强大，双方力量太过悬殊，便放弃洛阳，移兵河阳。史思明以为李光弼胆怯了，就率兵穷追不舍。

两军在河阳城外的黄河两岸摆开阵势，准备决一死战。史思明有一千多匹好马，每天都在河滩上洗浴。李光弼见了，心生一计，就让手下把军中的母马全部聚集起来。第二天，他让人把挑选好的五百匹母马全放出城去，而把全部小马驹都圈在城里。母马们不见了小马驹，一个个伸直脖子叫唤不停。史思明的战马都是公马，听到母马震耳的叫声，都争先恐后地渡过河来，结果全被赶进了城。

史思明丢了千匹良马，十分恼怒，决心报复一下，把李光弼架在河上的浮桥烧掉。他在河上排了几百只战船，把一队火船摆在船队前，上面装满柴草。李光弼见了，就知道了史思明的意图，他让将

李光弼多么聪明啊！他能利用母马的叫声，把公马引诱过来。

李光弼足智多谋并对敌性了如指掌，所以能取得战斗的胜利。

67

士们准备了几百根百尺长竿，一头全部用大木头固定在河面上，另一头装上裹着浇过油的毡布、铁叉，挡在河面上。史思明的火船行驶时，便被长竿叉住，动弹不得，于是都被烧毁了。

史思明见河阳难攻，就转而攻打河清县。李光弼率军进驻野水渡阻截。夜晚，李光弼留下一千人马守卫营栅(zhà，栅栏。)，自己一个人悄悄返回了河阳。史思明却不知情，派李日越去野水渡抓李光弼(bì，辅助。)，并下令：如不成功，就是死罪。李日越知道不可能完成任务，直接投降了李光弼，受到了重用，这又吸引了史思明的另一员大将前来投降。

史思明恨得咬牙切齿，重新又集中兵力攻打河阳。但李光弼精心派兵，指挥将士奋勇作战，终于击败了史思明。

李光弼深谋远虑，连设小计将史思明玩弄于鼓掌之间。

故事启迪

李光弼的计谋可真的是出乎我们的意料啊！在劣势十分明显的情况下，他将劣势转化为优势。他巧借对方的马匹来弥补自己的不足，他周密的计划与聪明的头脑，使得史思明败倒在他的手下。

同学们，我们一定不要像史思明一样狂妄自大、骄傲轻敌，我们要善于把自己的劣势转化为自己的优势，你会成为这样的人的！

奇思妙想

1. 当你受到别人的欺负时，你的第一反应是什么，你会冷静下来吗？

2. 展开你丰富的想象力，用自己的话简述故事的全过程。

先读为快

后梁和后唐两国交战,眼看后唐居于劣势地位了,忽然,希望之火燃起:卢顺密投降并带来了可靠情报。李嗣源马上出发直取郓州,突然天降大雨,他会如何应对? 是继续前进,还是就地休息?

出奇制胜

公元923年,后梁和后唐两国交战。 就在后唐居于劣势时,后梁将领卢顺密前来投降。 卢顺密告知后梁郓州守军不足千人,城里的百姓也不支持他们,于是后唐皇帝忙派李嗣(sì)源去攻打。

李嗣源带领五千精兵出发,直取郓州。 太阳落山时,军队距郓(yùn)州(今在山东省。)仅剩下几十里地。 天渐渐黑了,又突然下起了暴雨,每走一步都十分艰难,将士们都请求停止前进,就地休息,等天亮了再走。 可李嗣源坚定地说:"天黑下雨,梁兵一定毫无防备,这是多好的一个攻击机会啊! 这是天助我们啊!"因此,他命令将士们继续前进,终于在晚上抵达了郓州城下。

守卫郓州城的梁军一点防备都没有,他们谁也没想到唐军会在这样恶劣的天气中来袭击,都在呼呼大睡,就连城楼上的哨兵也睡着了。

李嗣源的先锋将领李从珂用梯子登上城楼,手

李嗣源善于分析敌情,知道何时是有利的战机。

起刀落，就把守城哨兵给解决了。 李从珂打开城门，唐军冲进城中，守城将士这才从睡梦中惊醒，慌忙应战，但为时已晚，败局已定。

占领郓州后，李嗣源传令全军，不准骚扰城内百姓，禁止在城内抢掠。 很快，郓州城就恢复了平静的生活。

李嗣源胜利回到京城，后唐皇帝十分高兴，认为他是军事奇才，并任命他为天平节度使。

李嗣源的军队不但作战勇猛，还体贴百姓，算得上文明之师。

故 事 启 迪 ●●●●●●●●●●●●●●●●●●●●●●●●

这个故事给我们深刻的启示：任何成功都不是轻而易举的，成功需要对客观环境和主观条件作出果断而准确的判断，考量的是决策者的勇气和智慧。

奇 思 妙 想 ●●●●●●●●●●●●●●●●●●●●●●●●

1. 战争中，有三个因素是克敌制胜的法宝，你知道吗？

2. 李嗣源的成功说明了什么？

上回书说道,李嗣源出奇制胜占领郓州,这可气坏了后梁皇帝,于是他命王彦章夺回郓州。可这王彦章夸下海口,说自己三天就可取胜。时间紧迫,他能做到吗?还是他会成为别人的笑柄?

出奇兵夺城池

郓(yùn)州(地名。)失守了,后梁皇帝又气又急,在老臣敬翔的举荐下,王彦章成为了军事的统帅。 在王彦章出征后唐之前,后梁皇帝问王彦章多长时间可以取胜,王彦章毫不犹豫地回答:"三天!"大臣们听了,都笑他是吹牛。

王彦章对别人的嘲笑毫不理会,带兵出发了。一路上,他加速行军,抵达滑州只用了两天时间。然后,他命令军队就地宿营,并大办宴会,奖赏军士。 晚上,营寨里灯火通明,将士们都在大吃大喝,开怀痛饮,而王彦章却秘密挑选了六百名壮士,每人拿一只大斧子,坐上准备好的船,船上载着冶炼的工匠和木炭、吹火用的皮袋,然后顺流而下。 一切准备完毕,王彦章就走进军营里继续参加将士们的宴会。

过了一会儿,王彦章找了个理由走了出来。 这时,夜黑黑的,又下起了雨。 王彦章骑上战马,带

王彦章的回答在常人看来实在是不可思议。那他到底是夸夸其谈还是成功在握呢?

71

领着自己的五千精兵沿着黄河南岸突袭德胜城。 天黑下雨,守城将士根本就没有防备。 船上的六百士兵负责用火将城门上的锁烧断,用大斧子把浮桥砍断,然后他亲自带领士兵向德胜城发起了进攻,不一会儿,便把德胜城拿下了。 巧的是,这时正好是他接受命令的第三天!

王彦章巧出奇兵,实现了他三天打败敌人的诺言。 从此以后,王彦章的名声大振,敌人提起他来就胆战心惊。

故事启迪

只用三天就收回失地,王彦章的功力真叫人钦佩。他虚虚实实,明着大摆筵席,暗地里早有预谋,敌人怎奈何得了他? 所以失败并不可怕,可怕的是,我们在失败后一蹶不振。我们在以后的人生道路上会有很多艰难险阻,重要的是你不气馁,不服输,有计划地提高自己的能力,战胜自己,你就是英雄!

奇思妙想

1. 你经历过失败吗,你是怎样面对的? 今后你将怎样面对它?

2. 你能理解谚语"失败是成功之母"的深层次的含义吗?

一个有野心的君主不会满足于自己国家的土地,也不愿意其他国家对他造成威胁。宋太祖就是这样一个人。当时有那么多的小政权,从哪里入手呢?为了这事,他雪夜来到赵普家里,与赵普围炉畅谈起来……他们说了些什么?最后的结果如何?

围炉定计取天下

杯酒释兵权(宋太祖解除将领兵权的事件。公元961年,太祖与赵普定策,召集禁军将领石守信、王审琦等宴饮,以高官厚禄为条件,解除兵权。969年,又用同样手段,罢王彦超等节度使,解除藩镇兵权,以加强中央集权的统治,防止分裂割据。)后,朝廷内部消除了隐患,宋太祖便雄心勃勃,打算出兵扫平各个割据政权,统一国家。

当时,还有不少小政权,北方有北汉,南方则有南唐、吴越、后蜀、南汉、南平等,先收拾哪一个呢?为这问题,宋太祖一连考虑了好几天,还是犹豫不决。 不知道是先取北汉好,还是先攻南方好。

于是,宋太祖就想找赵普商量商量。

宋太祖自从做了皇帝,就喜欢穿上便服,进行私下出访,或者到一些功臣家坐一会儿,聊聊天。文武百官都知道这点,因此下朝回家之后,都不敢脱掉朝服,担心宋太祖突然光顾,会不知所措。 对

从宋太祖的喜好和治国方式上看,他称得上是一个亲民的好皇帝。

73

用环境的恶劣衬托太祖的诚心。

此，赵普最为清楚，因为太祖最喜欢光顾他家，而且说来就来，从不打招呼。

这天晚上，天下起了鹅毛般的大雪。赵普想，这么大的雪，太祖该不会来了吧。于是就脱掉朝服，和妻子在火炉边闲坐谈心。老夫妻俩正说着话，忽然有人敲门。

赵普打开大门一看是宋太祖，大吃一惊，连忙请太祖进屋。说道："天这么晚了，又下大雪，您怎么还出来啊！"

宋太祖抖抖身上的雪，边说边往里走："我有件事，总决定不下来，想同你商量一下。"

赵普闩上门，跟着太祖进了屋。赵普的妻子连忙准备酒肉招待太祖。她知道，太祖喜欢边喝酒边说话。因此，太祖一来，就按照惯例张罗起来，布置好一切，就先去睡了。

赵普端起酒杯，请太祖喝酒。宋太祖一杯酒下肚，说道："我自黄袍加身以来，没有安稳过一天。你想，在我卧床的周围，都是些想谋害我的人，叫我怎么能安心睡觉呢？"

宋太祖想统一天下，他能够到臣子家里向臣子问计，是一个能听取大臣意见的好皇帝。

赵普轻声问道："皇上是想统一天下吧？目前倒确实应该如此了，是南征还是北伐，皇上怎么安排？"

宋太祖微微一笑，说："我想出兵太原，先打北汉。"

赵普沉默许久才说："这和臣下想的不一样。"

宋太祖忙问原因，赵普说："太原一城处于西北两面夹角位置，如果我们攻下了太原，就直接面对辽人，需要多方防御。不如先拿下南方各国，回过头再取北汉。到时，我们的力量增大了，北汉这弹丸之地（比喻地方很小。），还怕它跑了不成？"

宋太祖一听，哈哈大笑起来，说："我的意思也是先南后北。刚才只是想试试你。"

于是，宋太祖拿定主意，按照先南后北的步骤，在短短的十年里，就消灭了南平、后蜀、南汉。至此，南方只剩下南唐、吴越两国了。

南唐在"十国"当中是最大的一个独立国家。管辖着如今江苏、安徽等地区的大片土地。那里良田沃土，经济较为发达。可是南唐的君王，除了开国君主李王景外，后面两个君主都是治国理政上的低能儿，因此，把个好端端的国家治理得一塌糊涂。尤其是最后一个君主李煜，整日沉迷于琴棋书画。正因为他的精力兴趣都在吟诗作赋、琴棋书画上，所以就没时间，也不愿意过问政事。

同为一国之君，李煜与宋太祖形成鲜明的对比。

到974年，消灭南唐的准备都做好了，宋太祖便命大将曹彬、潘美带十万兵马南下攻打南唐，一路势如破竹（比喻节节胜利，毫无障碍或气势不可阻挡。），很快就直逼金陵。

听说宋朝大军来到，李煜派了一个名叫皇甫继勋的人去率军抵抗，自己就觉得万事大吉了。皇甫继勋早就看不惯李后主那风流公子的一套，存心希望南唐快倒。因此，他根本不认真守城，宋军兵临城下的消息，他也一直瞒着，不去禀告李后主。

皇帝不理政事，臣子不忠于职守，国家的灭亡实难避免。

曹彬从二月份围住金陵之后，并不急于攻城，甚至是围而不攻。几个月过去了，李后主毫不知道宋军已兵临城下，这样的昏君，这样的战争在历史上可以说绝无仅有。

很快，宋军便攻破了金陵城，活捉了李后主。

故事启迪

明君与贤臣商议国家大事，两人言谈契合，真是一对好的搭档。宋太祖不耻下问的精神与臣子忧国忧民的精神都值得我们学习。"机会只留给那些有<u>准备</u>的人"，所以，从现在你就努力，从现在就准备迎接挑战，这些会让你受益无穷。

请大家谨记李煜的教训，治国只会诗词歌赋是不行的，在其位谋其政，不要弄得众叛亲离，不可收拾了再后悔。

奇思妙想

1. 宋太祖采取了几步平定天下？

2. "国家不幸诗家幸"这是有人对于李煜的评价，你知道李煜是著名的词人吗？找一些他的作品读读吧。

"我本来就是一个出身低微的人,只是因为立了战功,才被皇上您提升到这个位置。"这是一位立下赫赫战功的大将的话。他是多么谦虚啊!他是怎样的一个人?他的脸上一直留着当小兵时的刺青,这又是为什么?

"狄大将军"奋发进取

狄青(1008—1057年),字汉臣,汾州西河(今山西汾阳)人,北宋大将。他是北宋时期唯一的一个士兵出身的枢密使。

最初,狄青只是一名普通的士兵,由于有一身好武艺并擅长骑射,作战勇敢,慢慢地被提拔为小军官。后来被派往西北,同西夏军作战。 在战斗中,狄青常常披头散发,戴着铜面具,只露出一双愤怒的眼睛,让人看见就心惊胆战。 他手握长枪,骑着快马,左冲右突,身先士卒(比喻领导带头,走在群众前面。),万夫莫当。

这里描写了狄青作战时的外貌,从外貌上就让敌人害怕。

在西北边境,狄青一共参加了大大小小 25 次战斗,8 次受伤,没有一次是败仗。 因为战功赫赫,他从一名普通的士兵升为将军,成了人们心目中的大英雄。

有一次,狄青见到了著名的文学家范仲淹。 范仲淹劝他多读点书,提高指挥作战的理论水平。 狄青觉得很有道理，在行军打仗的同时，刻苦学习。没几年，他已熟读兵书。以后，他打起仗来更加得心应手。

> 狄青的谦虚好学让他成长为文武双全的优秀人才。

狄青因为立了不少战功，又熟知兵法，威望越来越高。后来，宋仁宗把他调回首都，让他担任掌管全国军队的枢密使。

狄青成了受人尊敬的大将军，可他的脸上却有一块青色的字迹，让人看了很不舒服。原来，宋朝有个规定，为了防止士兵逃跑，普通士兵在入伍的时候，每个人都要在脸上刺字。这样，即使逃掉了，也很容易被认出来。狄青脸上的字迹，就是最初在当小兵的时候刺上的。

宋仁宗觉得，狄青已是大将了，脸上还留着当小兵时刺的字，很不体面，就劝狄青弄点药，把黑字去掉。狄青说："我本来就是一个出身低微的人，只是因为立了战功，才有了今天的成就。这些黑字就留着它吧，可以激励士气，让士兵们看见了，就会更加求上进。"

> 大将军狄青不在乎脸上的刺青，说明他从不以当过小兵为耻。

狄青就是这样一个不以出身低微为耻，勇于奋发进取的人。

故事启迪

英雄，我们见得多了，这么谦虚而且平易近人的英雄，我们还是头一次见吧。他的朴实话语，他的英明神勇，无不让我们竖起大拇指称赞！

我们从他的身上学到了三点：勇敢，好学，不忘本。不论你以后成为多么大的官员，你都要谦虚，你都要记得曾帮助过你的父老乡亲。

当然,别忘了先完成好我们现在的任务——学习。

奇思妙想 ●●●●●●●●●●●●●●●●●●●●●●●●●●●●●●●●●●●●

1. 从范仲淹的话里,你还能得到哪些启示?

2. 狄青已经是大将军了,为什么还保留着脸上的刺字?

杨家将的故事,我相信许多小朋友都听过,你最喜欢哪个人物?是不是杨六郎?他们的家史又是怎样的?让我们重温英雄们的成长故事吧!

杨家将

说起杨家将,肯定要从"金刀老令公"杨业讲起。

杨业又叫杨继业,原本是北方小国北汉的一名将领。北宋初年,宋太宗亲自率军灭了北汉。杨业本来坚决不投降,但为了让老百姓不再受战乱之苦,他只好归顺了宋朝。

当时,契丹族建立的辽朝很强大,经常侵犯宋的边境。宋太宗早就听说杨业是一员猛将,足智多谋,就让他做代州的刺史,抗击辽军。

有一年,辽朝派了十万大军攻打位于代州北面的雁门关。当时,杨业仅有几千人马,根本不是敌军的对手。当天夜里,杨业挑选了几百名骑兵,悄悄出了雁门关,从敌军后面突袭。

辽军这次向南进兵,一路上都很顺利,便放松了防备。此时,他们都在睡梦之中,突然听到宋军的喊杀声,根本来不及应战,一败千里。杨业带兵

从归顺宋朝这件事上可以看出杨业以天下百姓安危为重的高尚品德。

80

追上去，一顿猛砍猛杀，大胜而回。 杨业只带领几百人，就打退了辽军十万人马，名声大振。 人们给他起个外号，叫"杨无敌"。

公元988年，北宋派三路大军攻打辽朝，却惨败而归。 杨业撤退的时候，辽军占领了寰(huán)州，切断了他们的退路。 杨业建议从寰州绕过去，避开敌人的主力。 可是主帅潘美和监军王侁(shēn)别有用心，非要逼他去进攻寰州。

杨业率军出发没多久，就遭到了辽军在半路上的伏击。 杨业英勇奋战，只是敌我力量太过悬殊，致使全军覆没。 杨业受了十几处外伤，全身是血，被辽军抓住了。 敌人逼他投降。 杨业斩钉截铁地说："我生是汉人，死是汉鬼，决不投降！"在辽营里，杨业绝食三天三夜，壮烈牺牲。

杨业死后，他的儿子继承了他的事业，继续守卫边关，抗击敌军。 在杨业的七个儿子中，最著名的就是杨延昭了，他就是人们常说的"杨六郎"。

杨延昭又名杨延朗，从小就跟父亲一起行军打仗，英勇善战。 后来，他在河北守卫边关，长达二十多年。 他的军队英勇善战，纪律严明，多次打败辽军，立下了赫(hè)赫（显著盛大的样子。）战功，他的儿子杨文广，也是一个著名的将领，在西北边境同西夏国作战，立下战功无数。

杨家祖孙三代保卫边关、英勇杀敌的故事被当时的百姓广为称颂。 到了明代，又有人根据他们的故事写了一本书，名叫《杨家将》，一直流传至今。

为着民族的利益与尊严，敢于牺牲自己的精神令人潸然泪下！

81

　　小朋友们,杨家将现在已经成为了保家卫国,赤胆忠心的爱国人士的代言组合了。记住那句"我生是汉人,死是汉鬼,决不投降!",它将激励你成为一个爱国的人! 也请你体会另一位爱国将领文天祥的诗句:"人生自古谁无死,留取丹心照汗青"。

　　你的理想是什么? 是不是当一名保家卫国的战士? 如果是,那就努力吧!

奇思妙想 ◐ ●●●●●●●●●●●●●●●●●●●●●●●●●●●●●●●●●

　　1. 你们记住文中几位杨家将的名字了吗,他们分别做了哪些事情?

　　2. 知道穆桂英挂帅吗? 把这个故事讲给身边的人听。

清正廉明、执法如山、断案如神……说到这儿,你会想到谁?对,包拯,他用智慧与实际调查解决了一个又一个的难题。想知道他是如何断案的吗? 就看看下文吧。

包拯判案

包拯字希仁,北宋庐州(今安徽省合肥市)人。 包拯因为能做到清正廉明、执法如山、断案如神,而受到人们的称颂,人们尊称他"包公"、"包青天"。 在人们的心中,包拯不仅是一位人人皆知的历史人物,也永远是正义和力量的化身。

北宋时期为了发展农业生产,当时禁止杀害耕牛,擅自宰杀耕牛的人是要受到处罚的。 包拯在任天长知县时,就碰到了一桩"牛舌案"。

有一家农户耕牛的舌头被人偷偷割掉,主人就到县衙报了案。 包拯受理此案后,便叫牛的主人先把牛杀掉,等候审理;私下里立刻派人去访查这个案件。 过了几天,有人前来告状,说有个农户违反规定,屠宰耕牛。

包拯经过调查,已了解这人为报私仇,故意作案,陷害他人。 包拯大声喝道:"是你割掉人家的牛舌头,为什么还反过来告状?"告状的人大吃一

包拯办理此案用的是欲擒故纵的方法。

包拯判案子是在调查的基础上进行的,所以他的手下没有冤案。

惊，没有办法，只好低头认罪。

还有一次，两个人在酒店里喝酒，那个会喝酒的人请那个不怎么会喝的人替他保管一些银两。第二天，酒醒了，会喝酒的人便想把银子要回来。结果那家伙死不认账，说自己没有拿他的银子。于是两人跑到包拯那里告状，一个说那人侵吞了自己的银子，一个说自己遭诬陷，请还自己清白。

包拯听完两人的陈述后，一时之间，无法断案，只好把两人先关押起来。然后密令衙役拿着官府文书，找到那个不会喝酒的人的妻子说："你男人在堂上已招供了，我是来取那些银子的。"那女人觉得事情既已大白，只好把银子拿出来交给衙（yá）役（yì）（衙门里的差役。）。这样一来，真相大白了，被告也只得俯首认罪。

包拯考虑周全，推理严密，因此断一案结一案。

故事启迪

古往今来，很少有人断案能像"包青天"这样铁面无私，明察秋毫的，这也应了那句话："天网恢恢，疏而不漏"。一个人只要干了坏事，他的心中或多或少就有了一些不安和恐惧，所以，你们一定不要干坏事啊！

还有一点，在考虑问题时，不要仅仅局限在一个小的方面，要在细微处着手，全面地考虑。这样，你也会成为逻辑思维很强的人啊！

奇思妙想

1. 在这两个案件中，包拯是怎样找到漏洞的？

2. 你还知道哪些关于"包青天"的传说？

大家都听说过司马光砸缸的故事吧。司马光砸缸干什么？他是在怎样的情况下这么做的？这与他最后成为"大人物"又有什么联系？

司马光砸缸

司马光是北宋的名臣，著名史学家。 在父亲的严格管教下，司马光从小就非常喜欢读书，这使他掌握了不少知识。 他还善于动脑子，从思考中解决问题，人也变得很机灵。

有一天，司马光和几个小朋友在一起玩，因为天气炎热，小家伙们个个衣服都湿透了。 院里有一口水缸，里面盛满了清水，一个刚满3岁的小孩想去玩水来纳凉，因为够不着，便捡来几块石头垒起来垫脚，这样就可以够得到了。 当他玩得正兴起的时候，一不小心，脚没踩稳，"扑通"一声，掉进水缸里了。

水缸里的水淹没了小孩的头顶，他拼命挣扎着，使尽全身气力将脑袋露出水面，大声呼喊着："救命啊！救命啊！……"

这突然发生的事情让小朋友们惊呆了。 有的像个木头人一样站在那里，张大嘴巴望着水缸说不出话来；有的一屁股坐在地上，失声大哭起来；有的一看出了事，立即就跑没影了；还有一个小朋友围

成功的取得不是一天两天能做到的，它需要一个长期的积累和努力。

小孩不小心掉到水缸里了，有生命危险了，如果你看到这样的事情，你会怎么做呢？

着水缸直打转，嘴里不停地喊着："怎么救他啊？怎么救他啊？"

在别的小朋友个个惊慌失措、六神无主（形容惊恐万分而毫无主张。）的时候，只有司马光显得十分冷静、沉着。他盯着水缸，灵机一动，大喊一声："有了！"只见他抱起一块石头，使出全身气力向水缸砸去，水缸破了，水哗哗地流出来，缸里的小孩因此也没危险了。

这件事传开以后，人们都说司马光聪明，司马光也成了远近闻名的"大"人物。

司马光的冷静、沉着与其他小朋友的惊慌失措形成鲜明的对比。

故事启迪

在危急关头，司马光没有像其他小朋友一样惊慌，而是沉着地想办法救人，实在是高出常人了。他用砸缸的办法救出了落水的小朋友，是不是叫人敬佩呢？

奇思妙想

1. 假设司马光不在场而是你在场，你会怎样处理这种情况？

2. 知道吗，大人物的成功来源于早期的学习与努力，你能做到吗？

你最早接触的民族英雄是谁？很多同学会说是岳飞，你们应该对他的事迹了如指掌吧！可是他却被奸臣所害，为什么呢？下面就让我们看看英雄的戎马一生吧！

抗金英雄岳飞

岳飞，字鹏举，河南汤阴人。岳飞出生时，他们家屋顶上有一只大鸟高鸣。岳飞的父亲岳和便给儿子取名"飞"，字"鹏举"，希望孩子长大以后，能够像大鸟一样展翅高飞，鹏程万里。少年时代的岳飞聪明好学，特别喜欢读《左氏春秋》、《孙子兵法》和《吴起兵法》三部书。十五六岁时，岳飞开始学习武艺。经过几年的磨炼，十八般武艺已是样样精通。

二十岁的时候，岳飞参军入伍，投身于抗金的战场。有一次，岳飞带领一百多名骑兵正在操练，突然来了一队金兵偷袭。士兵们被这突如其来的敌军吓坏了，不知所措，岳飞镇定地对他们说："自古兵不在多，而在精；将不在多，而在勇。如今两军相遇，敌军虽多，却不了解我们有多少人。我们若是杀他个措手不及，定能取胜。"说完，银枪一摆，喊了声："杀呀！"首先冲出去，手起枪到，将

自古英雄出少年，岳飞从小就刻苦努力，能力非凡，没有辜负父亲对他的期望。

大英雄岳飞是多么的英勇啊，正因为他英勇无畏，才能成为著名的抗金将领。

一名金兵将领挑于马下。 士兵们受到岳飞的气势鼓舞，一起跟着冲了出去。 这一仗，岳飞的队伍把多他们几倍的敌军，杀得七零八落，狼狈而逃。

这一仗后，岳飞的声名大振。 后来，岳飞投靠了宗泽。 宗泽命岳飞在竹笋渡与金兵交战。 几天后，岳飞眼看粮尽援绝，无法坚持了。 他急中生智，挑了三百名精兵，每人带两把柴草埋伏到前面山下。 到了半夜，他命令把柴草统统点燃。 敌人以为是宋朝的援兵到了，惊慌奔逃。 岳飞趁敌军大乱，乘机追杀，大胜而归。

宗泽见岳飞确实智勇过人，就提拔他做了东京留守司统制。

然而，此时的东京留守杜充却是一个贪生怕死的小人。 大敌压境，他竟然叛变投降了。 岳飞于是联络各路义军，重新组成了一支强大的军队，坚持抗金。 因为岳飞是统帅，所以他们又被叫做"岳家军"。 岳家军纪律严明，有一条军纪就是："冻死不拆屋，饿死不掳掠。"佃农出身的岳飞，虽然已经成为封建王朝的将领，但他仍和以前一样。 岳飞还十分注意部队的正规化建设，平日的军事训练都同实战一样。 这样一来，岳家军从将军到士兵，个个骁勇善战，战斗力大大加强。

由于岳飞战绩显著，很快就被提拔为节度使。然而，正当岳家军所向披靡之际，宋高宗却不让收复中原。 岳飞向宋高宗面陈收复之策，宋高宗不仅不乐意，反而对岳飞产生了怀疑。 一气之下，岳飞便辞职回乡，为家母守丧去了。 公元 1139 年，宋高宗与秦桧沆（hàng）瀣（xiè）一气（沆瀣，夜间的水

有这样一支纪律严明的军队，肯定能战无不胜。

岳飞的努力在昏君与奸臣的手中付诸流水。

88

汽。比喻气味相投的人勾结在一起。），同金朝订立和议，向金朝称臣纳贡。

然而议和不久，金朝就撕毁了和约，又一次向南宋发动了大举进攻。宋高宗没有办法，只好又令岳飞出击。连续几个胜仗以后，威胁刚一解除，宋高宗却又命令岳飞火速班师。岳飞认为机不可失，坚决向中原进军，不但收复了许多失地，还歼灭了金兀术的精锐骑兵拐子马。抗金斗争又呈现出一派蓬勃发展的大好形势。宋高宗为了坚决同金人议和，竟然撤消了岳飞、韩世忠等大将的兵权。

帝王昏庸，国将不保。

此时，秦桧又在宋高宗面前造谣说岳飞"心存异志，图谋不轨，收买人心，要自立朝廷"。宋高宗信以为真，就把岳飞父子抓了起来严刑逼供，然而他们得到的招供状上只有"天日昭昭，天日昭昭"八个大字。

宋高宗和秦桧等人害怕夜长梦多，"绍兴和议"订立不久，就在公元1142年的除夕之夜，将岳飞父子秘密杀害在风波亭内。

奸佞（nìng，邪恶，不正派的）小人总是会把人害掉来掩饰自己的心虚。

后来，直到宋高宗死后，岳飞的冤案才得以昭雪。人们把岳飞的遗骨安葬在风景秀丽的西湖边，又为他修筑了岳王庙。还在岳飞墓前，用生铁浇铸了秦桧等奸臣的跪像，让他们生生世世向岳飞父子谢罪。

故事启迪

岳飞的一生是多么光明磊落啊！他一次次为朝廷分忧解难，却因小人作祟而含冤而死，真是可悲可叹啊！

"青山有幸埋忠骨，白铁无辜铸佞臣"，邪恶的力量再强再大也难敌正义的力量，因为我们的人民是善良的，他们有着正义的灵魂。无论何时,你都要有一颗正义之心,这样,你才会成为一个正直的人!

奇思妙想

1. 相信你一定对秦桧的行为咬牙切齿了,你能把自己对他的气愤写到纸上吗?

2. 你能体会"生当作人杰,死亦为鬼雄"的意思吗?

　　我们了解了岳飞的生平后,你能想象是什么造就了这么一个英雄吗? 除了沙纸树笔外还有什么? 你可知道他是一个从贫寒家庭出来的孩子?

沙纸树笔造英雄

　　岳飞是南宋有名的抗金将领,他抗击金军的故事几乎家喻户晓(每家每户都知道。)。

　　"把沙子倒在地上,摊平了不就像一张纸吗?"岳飞出生在河南汤阴县的一个农民家庭,刚出生时,汤阴县正好发大水,父亲被洪水冲走,母亲抱着岳飞坐在水缸里,随水漂流,一直漂到了河北大名府。 从此他跟母亲两个人相依为命,苦苦度日。

　　岳飞从小就很懂事,他看到母亲日夜操劳,非常辛苦,为了母亲不太辛苦,他帮着母亲上山打柴,用卖柴的钱贴补家用。

　　母亲看着儿子慢慢长大,就决定让他读书,她拿出一点钱让岳飞买纸和笔,准备教他认字写字。

　　岳飞知道这点钱是母亲省吃俭用,好不容易攒下来的,就没有舍得去买,而是拿了一个簸(bò)箕(jī)(一种器具。)跑了出去。 不一会儿,他端来了一

　　"穷人的孩子早当家",岳飞从小就养成勤奋的习惯,为他以后的成功奠定了基础。

簸箕沙子，扯了几根树枝回来了。母亲看到他没有去买纸笔，还端来了沙子，以为他想玩沙，正想问个明白，就听岳飞乐呵呵地说：<u>"娘！把这沙子倒在地上，摊平了不就可以做纸用，树枝在沙上写写画画，就和笔一样用，这沙纸和树笔都不用花钱买，而且还用不完呢！"</u>母亲听了，一把把岳飞搂在怀里，心疼得直掉眼泪。

就这样，母亲开始教儿子在沙子上读书写字，成了岳飞第一位启蒙老师。岳飞既懂事又聪明，他刻苦学习，认真读书，进步很快。

长大后，他又投到别的老师门下，进一步学习知识。当金兵侵略时，岳飞为了保卫国家，就英勇地参加了军队。在战场上，他运用学到的知识，打败了敌人一次又一次进攻，为国家立下了赫赫战功，成为千古流芳的英雄。

岳飞多么懂事啊，只要有志气，贫穷并不可怕。

故事启迪

贫穷并不可怕，困难可以克服，难得的是岳飞那一片体谅母亲的孝心。也正是有这么一个深明大义的母亲，在无形中教了他人生第一课。

在你与小朋友一起玩耍的时候，小岳飞已经上山打柴去了；在你不去认真完成作业的时候，小岳飞在为一张纸而发愁；当你在为妈妈不给你买漂亮的花裙子，不给你买赛车而哭闹的时候，岳飞已经开始学习了。你现在生活的多么幸福啊，你要好好地把握现有的东西，像小岳飞学习，你会有更大的成就。

奇思妙想 ●●●●●●●●●●●●●●●●●●●●●●●●●●●●●●

1. 你知道吗，在我国的偏远地区，还有一些孩子没有上学，因为他们连吃饭都成问题，如果有机会，你愿意为他们做些什么？

2. 你知道"精忠报国"一词的由来吗？它与岳飞有怎样的联系？

有一部著名的书叫《四库全书》，主要负责编纂这本书的大臣叫纪晓岚。听说他学识渊博，能言善辩，头脑反应特别快，经常妙语连珠。何以见得？就带你回到清朝去看看吧！

铁齿铜牙纪晓岚

清代学者、文学家纪昀，字晓岚，直隶献县（今属河北）人。

纪晓岚学识渊博，能言善辩，头脑反应特别快，经常妙语连珠，有关他的故事也广为流传，耳熟能详。

当时朝廷里有一位尚书非常忌妒纪晓岚，总想找个机会让他难堪。有一天，两人在街上偶然碰见，纪晓岚时任兵部侍郎，官职比尚书小，见面之后不免要同上司寒暄几句。正拉着家常，尚书坏点子就出来了，他指着街边的一条狗说："纪大人，你看这是狼（侍郎的谐音）是狗？"纪晓岚也不简单，立即回答道："尚书大人，辨别狼与狗太简单啦，看看尾巴就知道了，上竖（尚书的谐音）是狗，下垂是狼。"

有一次，纪晓岚陪乾隆皇帝去大佛寺正殿游玩，殿内正中摆放着一尊大肚弥勒佛，袒胸露腹，

纪晓岚才思敏捷，一语双关，把尚书骂成是狗。

憨（hān）态可掬（天真而略显傻气的神态。），让人忍俊不禁，而且不管怎么看，弥勒佛都在咧着嘴笑。乾隆问纪晓岚："这佛为什么见朕笑？"纪晓岚回答说："此乃佛见佛笑。"皇帝不解，纪晓岚解释说："皇上乃文殊菩萨转世，是当今活佛，现在又来佛殿礼佛，所以说是佛见佛笑。"乾隆非常高兴，转身欲走，忽然见大肚弥勒佛正对纪晓岚笑，回身又问："那佛也对你笑，是为什么？"纪晓岚说："皇上，佛看臣笑，是笑臣不能成佛。"

纪晓岚当四库全书馆总纂（zuǎn，搜集材料编书。）官的时候，有一天，他和同僚们正忙着编纂《四库全书总目提要》，因为天气炎热，纪晓岚把上衣脱了，一边摇着蒲扇，一边光着膀子翻书做笔记。突然门外有人报告"皇上驾到！"纪晓岚没时间穿衣服，只好钻到桌子底下。过了一会，一切安静下来，纪晓岚以为皇上离开了，探出脑袋问："老头子走了吗？"结果正好被乾隆皇帝听见，厉声喝问："纪晓岚，无法无天！居然敢称朕'老头子'，真是不知天高地厚！"这一下麻烦大了，皇上乃一国之主，喜怒无常，偶有闪失，即使是言语过失，都有可能招致杀身之祸。

正当同僚们为纪晓岚担心的时候，他却一骨碌从桌子底下钻出来，光着上身小跑几步跪在乾隆皇帝面前，不慌不忙地说："皇上，臣可不是骂您。人们称皇上为万岁，活一万岁，这不是'老'的意思吗？皇上是一国之君，万民之首，'头'字也有根据；皇上乃真命天子，这里面也有一个'子'字，三者加起来就是'老头子'啊。"

同样的情况，纪晓岚却做出不同却得体的回答，实属高明。

这可怎么办呢？把皇帝骂了，可是要砍脑袋的啊！

纪晓岚巧解"老头子"，为后世留下佳话。

乾隆皇帝听了，转怒为喜，称赞纪晓岚机智善辩。

故事启迪

用铁齿铜牙来形容一个人，可见这人的嘴实在是厉害，当看到上面第三个故事时，我们真为纪晓岚捏了一把汗。他的才能真叫人嫉妒，可是，嫉妒归嫉妒，你毕竟不是他啊！想达到他的水平吗？那你可要下苦功夫了。

奇思妙想

1. 纪晓岚是怎么练就伶牙俐齿的？

2. 小朋友们，你们可以看看《铁齿铜牙纪晓岚》这个电视剧来加深自己对纪晓岚的认识。

这是海上一场空前激烈的战争，邓世昌与战友合作一同打伤了三艘日本军舰。可就在这时，四艘日本军舰同时向北洋舰队中最大最好的军舰发起进攻。这可急坏了邓世昌，于是他与全体船员一起，向敌军的主舰攻去……接下来会发生什么事情？

邓世昌求死

邓世昌是广东人，生于 1849 年。 18 岁时，他进入福建船政学堂驾驶班学习，出来以后就一直在北洋水师中工作。 邓世昌曾经两次出国学习海军技术，对驾船技艺和海战指挥十分精通，是北洋水师中优秀的军官。

1894 年 9 月 17 日上午，日本海军舰队在黄海突然对中国舰队发动袭击，一场空前激烈的海战开始了。 当时，邓世昌已经当上了"致远"舰的舰长。 战斗中，他指挥"致远"舰，和战友合作一起打伤了 3 艘日本军舰。

战斗进行得异常激烈，由于日本军舰速度快、火力猛，北洋舰队逐渐处于劣势。 下午 3 点钟左右，4 艘日本军舰开始对北洋舰队的"定远"号展开围攻。 "定远"号是北洋水师指挥整个舰队作战的旗舰，也是北洋舰队中最大、最好的军舰。 如果它被击沉了，北洋舰队就会更加危险。

在海战中，邓世昌的才能得到发挥。

邓世昌在生死关头，想的不是保护自己的生命，而是如何维护集体的威严。

邓世昌十分清楚眼前的处境，命令"致远"号开足马力，前去救援。 为了保护"定远"号，邓世昌早已不顾生死，他鼓励大家说："今天就是战死，也不能堕了北洋舰队的军威，要杀敌报国。"

激战中，"致远"舰连续中弹，军舰上到处都是浓烟和大火，船身开始倾斜进水，随时都会沉没。 这时，邓世昌发现日本军舰的"吉野"号就在"定远"号前面。 如果能把最厉害的"吉野"号打沉，形势就会逆转。

可是，"致远"舰上的炮弹已经快用尽了。 邓世昌决定和"吉野号"同归于尽，以最快的速度向它撞去。

"吉野"号见"致远"舰不要命地冲过来，吓得掉头就跑，并用鱼雷攻击"致远"舰。 邓世昌亲自驾舰，接连躲开了几枚鱼雷，眼看就快要撞上"吉野"号了，就在此时，被敌人的一枚鱼雷击中。

"轰"的一声，"致远"舰被击中，不久就沉没了。

狼狗对主人的不离不弃也令人感动。真是忠主义犬啊！

邓世昌掉到海里，他的一个随从马上把一个救生圈扔给他，可是邓世昌已决心与"致远"舰共存亡，没有要救生圈。 过了一会，北洋舰队的一艘小船开了过来，大家让邓世昌上船，他不同意。 这时，邓世昌平时养的心爱的狼狗向他游来，用嘴衔（xián，用嘴叼。）住他的胳膊，往小船上游。 邓世昌想把它赶走，可狼狗不肯离去。 最后，邓世昌只好抱住狼狗，一起在汹涌（水势很大，向上涌，如"波涛汹涌"、"汹涌澎湃"。）的波涛之中消失。

邓世昌牺牲了，"致远"舰上的300多名战士，除7人被救外，其余的也全部壮烈牺牲。

(故)(事)(启)(迪) ◖●•••••••••••••••••••••••••••••••••••••••

邓世昌为了北洋舰队的生死存亡,甘愿牺牲整个"致远"号。他的不怕牺牲的精神,他的胆识与魄力,让敌军也为之惶恐。正是有邓世昌这类愿为国家的安宁抛头颅洒热血的爱国军人,我们的国家才会走到今天!

(奇)(思)(妙)(想) ◖●•••••••••••••••••••••••••••••••••••••••

1. 邓世昌为什么要用"致远"号撞击"吉野"号?

2. 当邓世昌还有机会获救时,他为什么选择放弃?

国家变法图存的过程是艰难的,有的人支持,有的人反对;有的人甘愿牺牲,有的人蓄意破坏。在著名的"戊戌变法"中,就有人用鲜血谱写了一首壮歌。就让我们认识一下谭嗣同吧!

我自横刀向天笑

1898 年,为了改变中国落后挨打的面貌,使国家强大起来,清朝光绪皇帝在康有为、梁启超、谭嗣同等人的帮助下,决定变法改革。 这一年是中国农历的戊(wù)戌(xū)(干支纪年方法。)年,所以这次改革也叫做"戊戌变法"。

但是,变法进行不到 3 个月,就被以慈禧(xǐ)(晚清同治、光绪两朝的最高决策者。)太后为首的顽固派镇压下去了。

一天,慈禧太后让光绪皇帝过几天到天津去检阅军队。 其实,这是慈禧太后的一个圈套,她打算趁阅兵的机会,把他抓了,让他把手中的权力交出来。

怎么办呢? 光绪皇帝就像热锅上的蚂蚁似的团团转。 他名义上虽然是皇帝,但处处受到慈禧的限制,他自己不掌握实权。

这时,谭嗣同想到了袁世凯。 袁世凯的手上有

用比喻的手法来形容光绪帝内心的焦急。

100

一支精锐部队，而且平时表现得积极支持变法。 谭嗣同决定去求助于他，起兵保护光绪皇帝。

谭嗣同来到袁世凯的家中，当面问道："你觉得当今的皇上怎么样?"

"当然是少有的英明皇帝。"袁世凯回答。

"天津阅兵的阴谋，你知道吗?"谭嗣同又问。

"知道，我听说一点。"袁世凯说。

"现在能救皇上的，只有袁大人您一个人了。请您救救他!"谭嗣同把手放在脖子上，做了一个抹脖子的动作，继续说道："你要是不愿意，就请把我杀了，去太后那里领赏吧。"

"我怎么会这样做呢? 皇上对我这么好，我怎么会出卖他呢! 对皇上我绝对是忠心不二。"袁世凯严肃地说。

谭嗣同见袁世凯这么忠心，就相信了他，把光绪皇帝的处境全部告诉了他，并和他反复研究，制订了一个救助光绪皇帝的周密计划。 一切妥当以后，谭嗣同才放心地离开了袁世凯家。

然而，袁世凯等谭嗣同一走，竟连夜跑到慈禧太后的亲信荣禄那里，出卖了谭嗣同。

很快，慈禧太后囚禁了光绪皇帝，然后下令，把所有参与变法的重要人物都抓起来砍头。

当时，大家都劝谭嗣同逃走，可他坚决不同意。 他悲壮地说："每个国家的改革，不可能不流血就能成功。 我们中国正是因为没有人愿意为改革去流血，所以不能强大。 那么，就从我谭嗣同开始吧。"

不久，谭嗣同被顽固派抓了起来。 在监狱中，

袁世凯信誓旦旦，貌似对皇上忠心。

表面一套，背后一套，真是可恶的小人!

谭嗣同为变法献身的爱国精神真让人佩服。

早已忘记了生死的谭嗣同用黑炭在牢房的墙上写下了"我自横刀向天笑，去留肝胆两昆仑"的豪言壮语。

三天后，谭嗣同和其他五名变法志士一起被杀害了。临刑前，谭嗣同大声地朗读了自己的绝命词：

有心杀贼，无力回天；

死得其所，快哉快哉！

谭嗣同为变法甘洒热血、不惜生命的行动激励了许多爱国志士为拯救中华而继续奋斗。

谭嗣同为变法而牺牲的精神是中华民族永恒的财富。

故事启迪

"有的人活着，但他已经死了；有的人死了，但他还活着。谭嗣同虽然死了，但他那甘为变法牺牲的精神却永远活在爱国人士的心中！"我自横刀向天笑，去留肝胆两昆仑"，多么慷慨激昂的话啊！袁世凯这样的小人注定要被后人唾弃。

谭嗣同没有成功地解救光绪帝，与他太过于相信袁世凯有很大关系，所以，你们在认识一个人的时候，不要从表面去看他们，而是要从深层次看他们的品质，像那句话说的，"患难见真情"。最后啊，希望你们能有自己的知心朋友！

奇思妙想

1. 如果袁世凯帮助了光绪帝，"戊戌变法"能成功吗？为什么？

2. 请你有感情地朗诵谭嗣同的绝命词，体会其中强烈的情感。

　　大家对古希腊神话一定很喜欢吧,你们知道美女海伦吗?她就是特洛伊战争的导火索。这场长达10年的战争是怎样结束的呢? 我相信,你一定很想知道。那就让我们带着疑问去看看吧。

特洛伊木马

　　公元前12世纪的时候,在小亚细亚的西北部有一个特洛伊王国,当时,特洛伊国王普里阿摩斯妻妾成群,他有100个子女。 王子帕里斯一表人才、英俊聪慧、力量过人,在众王子中最为优秀,深受国王的宠爱和重用。

　　有一天,国王普里阿摩斯想起了姐姐赫西俄涅,她在希腊已很长时间没有回来了,国王就派帕里斯出使希腊去把赫西俄涅接回来团聚。

　　然而在出使希腊的途中,风流王子帕里斯被一位貌似天仙的女子迷住,顿时神魂颠倒,把自己的使命忘了个干干净净。

　　这个美丽的女子就是后来引发特洛伊战争的海伦,她是斯巴达的公主。 帕里斯遇见她时她已是结过婚的人了。 当她很小的时候,她的美丽就已传遍了全希腊。 雅典国王忒修斯曾慕名而来把她劫走,后来被她的两个哥哥趁机救出并带回了斯巴达。 海

帕里斯忘掉了自己的使命,为战争的爆发埋下了种子。

伦被她的后父斯巴达王廷达瑞俄斯养在深宫，出落得更加迷人，前来求婚的王公贵族都排成了长队，斯巴达王最后选择了阿耳戈斯国王墨涅拉俄斯当了他的女婿，连王位也传给了他。

帕里斯对海伦一见钟情，不能自拔，而海伦对这位举止高雅、穿着华丽、有着长长卷发的英俊王子也非常有好感。帕里斯一门心思地讨海伦开心，使海伦渐渐不能自已，最终以王后的身份用特殊的礼遇接待了这位英俊王子。而当时又正值斯巴达国王墨涅拉俄斯出使外国，帕里斯趁此天赐之机加紧讨好海伦。他用美妙动听的琴声、甜蜜醉人的言辞和炽烈的爱情吸引她，终于使她不能把持自己，忘记了自己是位有夫之妇，和这位王子好上了。接着，帕里斯买通了希腊武士，带着意乱情迷的海伦上了自己的船队，逃离斯巴达。帕里斯无法回去向父王交代，就干脆将船只停泊在一个美丽的小岛上，他和海伦沉浸在欢乐、幸福的爱情之中。

墨涅拉俄斯回国知情后，恼羞成怒，决定立即发兵特洛伊城。在宫廷大臣的劝说下，他和奥德赛组织了希腊和平使节团，来到特洛伊，想以和平方式接回海伦。但没想到帕里斯和海伦没有回来。特洛伊诸王子虽然承认错在帕里斯，但也不甘心这样乖乖地将海伦送回去，于是谈判破裂。

希腊使团回国后，向国人通报了出使情况，引起希腊各城邦的公愤。墨涅拉俄斯的哥哥——迈尼国王阿伽门农，集结了希腊各路英雄，调集10万大军、1186艘战船，组成庞大的希腊联军，远征特洛伊王国，特洛伊战争由此爆发。

帕里斯为了美丽的女子而肆意纵情，忘记了自己的使命，最终引发了惨烈的长达数年的战争，他的确应该被斥责！

大敌压境，特洛伊国王如何应对？

这场为争夺美女海伦的战争惨烈无比，双方都付出了惨重的代价。

帕里斯闻讯立刻带着海伦回国。那时，战争正打得不可开交。墨涅拉俄斯向他挑战，他投入战斗，二人单独决一生死，打得难解难分，最终帕里斯受伤不敌。在另一场战斗中，帕里斯射死了希腊英雄阿喀琉(liú)斯，而自己命丧希腊神箭手菲罗克忒(tè)斯的毒箭下。帕里斯的妻子俄诺涅悲痛万分，跳进了帕里斯的火葬堆中，和丈夫一起同眠。

特洛伊战争前前后后进行了 10 年，胜负难分，双方人员死伤惨重。希腊预言家告诉自己的将领们，战争这样硬拼下去是不能取胜的，只有智取，才可能最终打败对方。前线的众将领们聚集在一起，商讨对敌大计，伊塔刻国王——足智多谋的奥德赛想出了一条木马计，被大家一致赞同。

根据奥德赛的计策，希腊人造了一匹巨大的木马，在战斗中奥德赛和许多希腊名将都钻进马腹藏了起来，其余希腊将士则假装败退，他们焚毁了军营中的物资，仓皇撤退。实际上，军队都乘船隐藏在附近的海湾。特洛伊人以为这次敌人真的彻底失败，就全部杀出城，占领了这个地方，当然，也发现了这匹巨大的、制造精良的木马，它立即引起了特洛伊将领的注意。在检查这个怪物时，发现马腹下隐藏着一个希腊士兵。特洛伊人立刻审问了他。这个马下的人叫西农，是希腊将领故意留下诱骗特洛伊人上当的。他不仅胆大，而且善辩。他告诉特洛伊人：希腊统帅为了祈求神灵保佑他们平安撤军回国，要杀他祭神，他便藏到木马腹下，才得以

在战争中，计策能够决定战争的胜利，木马计的实施为赢得战争提供了保证。

捡了一条命。 特洛伊将军急切问他，这木马是干什么的？ 他说，这木马是希腊人当作礼品献给雅典娜女神的，谁把这礼品献给女神，神就宠佑他。 西农巧妙的谎言骗过了特洛伊人。 <u>但这时特洛伊国祭司拉奥孔从人群中走出来，他警告人们说，这木马很可能是敌人的一种作战机器，不如将这个怪物毁掉，以绝后患。</u> 很多人都反对他这样说，他们认为毁掉木马是对神灵的冒犯，特洛伊城将会有灭顶之灾。 再说这是个战利品，将它弄到城里，可作为战争胜利的永久纪念。 于是，国王命令将木马拖进城里，木马太大了，为了进城，还拆毁了一段城墙。

当天晚上，特洛伊全城人都在为胜利而庆祝。西农却趁机偷偷溜出人群，到一个僻静处点火，向隐蔽在海湾的军队发出信号。 然后他又去打开木马的机关，把奥德赛等人放出来，杀了守城的卫兵，将大军从城门和城墙拆毁处引进城中，迅速打败了特洛伊的军队，一举攻占了特洛伊城。

历时 10 年的特洛伊战争以木马计的成功而最终结束。

拉粤孔的忠告和提醒并没有得到认同，使特洛伊王国丧失了最后一线胜利的希望。

故事启迪

一场耗时 10 年的战争竟是为了一个女子，实在是可悲啊！战争给人们带来的只有无尽的伤痛：家破人亡,妻离子散。成功是掌握在少数人手中的,若不是"木马计",战争也不会结束。当今的国家和世界是掌握在智者手中的,谁更聪明,谁就掌握了主动权,谁就会获得最后的胜利。

奇思妙想

1. 你能尝试记下故事中人物的名字吗?

2. 奥德赛计谋的成功包含哪些因素?

你一定知道马拉松长跑吧，它是一项考验人们体能与毅力的运动。它来源于著名的马拉松战役。这是一个怎样的战役？马拉松又是谁？是人名还是地名？

马拉松战役

战争的发起都是由于人贪婪的欲望。

马拉松战役是希波战争中的一个著名的战役。

波斯帝国征服了从印度河流域到埃及的广大地区后，并没有满足，它又向希腊开战。 公元前500年，小亚细亚半岛西端的一些城邦被波斯帝国征服。 这些被占领地区的人民为了反抗侵略者的压迫，便发动了反波斯起义。 希腊的雅典等城邦，派出援军支持他们，公元前5世纪初，希波战争正式爆发。

公元前492年春天，波斯帝国从波斯湾远征希腊，行至亚陀斯角时，海军遭遇了风暴，300艘战舰、2万名士兵全部葬身鱼腹。 陆军由于色雷斯人的骚扰，也无功而返。 次年春天，波斯国王又派出使者到希腊各城邦索要"土和水"。 这是为什么呢？因为那时，古代希腊哲学家认为：土和水是构成世界的两大重要元素。 因为有了土和水，人们才得以生存，失去土和水，也就无法继续生存。 因

这是对领土和主权的解释，从古到今未曾改变。

此，土和水被世界上许多国家和民族看成是国家领土和主权的象征，向外国人献出"土和水"，就表示屈膝投降。波斯帝国向希腊城邦小国要"土和水"就是让他们主动投降，对波斯帝国表示臣服。有些城邦慑于波斯帝国的强大，没有办法，只有向他们的来使献上"土和水"，表示对波斯臣服，以求他们不要诉诸武力，使老百姓免受战祸。

然而，对于波斯帝国要求献出"土和水"的无理要求，希腊最大的两个城邦雅典和斯巴达则坚决拒绝。雅典官员把波斯使者领到一座高山的顶峰，说让使者取高山之巅的沃土带回去，使者很高兴，还以为雅典人同意要把最好的土让他带回去，屈服于他们国家，一路趾(zhǐ)高气扬(形容得意忘形的样子。)，以为自己又有了炫耀的资本。然而，使者万万没有想到自己被雅典人从高山上抛入了万丈深渊。斯巴达人则把波斯使者带到一口井边，指着井底说："这里面的水如同泉水一样甘甜，水下的土滋润肥沃，你们可以随便拿，不过要请使者自己下去拿！"使者见这口井深不见底，吓得浑身颤抖，斯巴达人愤怒地把他扔进井里。由于雅典和斯巴达这两个希腊城邦不肯屈服，波斯国王决定第二次远征希腊。

公元前 490 年，波斯王国的庞大舰队横渡爱琴海，1 万精骑及大批步兵，号称 10 万大军的波斯侵略军队也登陆雅典城东北 60 公里的马拉松平原。

雅典军民闻讯立即行动起来，在著名的统帅米太亚得的率领下英勇地进行抗击。但这是一场艰难的激战，雅典集结的军队仅有 11 万人，情况十分危

愤怒的人们给了使者土，可是要了他的命。

另一个使者得到了水，可他也永远与水为伴了。

109

急，需要支援。 力量最强大的就是邻邦斯巴达。军中士兵菲迪皮茨自告奋勇，向邻邦斯巴达请求支援。 为了及时搬来救兵，菲迪皮茨在两天的时间里竟然不可思议地跑出 150 公里。 不料斯巴达国王拒绝出兵支援。 消息传来，雅典军民抱着必死的精神同仇敌忾(kài)(抱着无比的仇恨和愤怒共同对付敌人。)。 卓越的统帅米太亚得很懂得哀兵必胜(哀兵，悲愤的军队。怀着悲愤情绪为正义而战的军队，虽在不利的情况下，也一定能打胜仗。)的道理，军民高涨的士气给了他无比的信心。 他命令雅典军不惜一切代价抢占马拉松山坡高地这个有利地势。 雅典军居高临下，势(shì)如(rú)破(pò)竹(zhú)(形势就像劈竹子。形容节节胜利，毫无阻碍。)，打退了波斯军一次又一次的冲锋。 波斯将军达提斯准备集结兵力，抢占高地。 米太亚得迅速作出反应，他针对敌兵两翼兵力少的弱点，调动雅典主力从两翼进攻敌人，以两翼合击波斯中军，波斯军阵势立即大乱，最后狼狈逃走。 此役共歼灭波斯军 6400 余人，雅典军阵亡仅 192 人。

战斗胜利后，雅典官军踊跃欢呼，为了尽快让全城人民得知这个胜利的消息，让所有雅典人一起分享胜利的喜悦，欣喜若狂的米太亚得再次派菲迪皮茨把这一好消息尽快告知雅典。

菲迪皮茨沉浸在胜利的喜悦中，接到将军的命令，就立即飞跑上路。 可菲迪皮茨作为求援者已经往返一次斯巴达，体力透支得差不多了，这次他又因为兴奋跑得太快，中途又没有休息，以至于到达雅典中央广场时，只说了句："大家欢乐吧，雅典

为了自己心中的信念，可以创造奇迹。

菲迪皮茨为了让人们第一时间享受到胜利的喜悦，不惜献出了宝贵的生命。

110

得救了。"随即他累倒在地，力竭身亡。

为了纪念这次反侵略战争的胜利和传言兵菲迪皮茨忠诚的爱国精神，1896 年，第一届奥林匹克运动会在雅典举行时，特把一个起跑点修在马拉松，从起跑点出发，经过马拉松平原到达雅典市中心体育场。整个路线、起点、终点都和当年菲迪皮茨报捷时跑过的路程一模一样。整个路程为 42.195 公里。这就是后来国际上规定的马拉松赛跑的距离。这项超长距离的赛跑为田径运动中唯一不设世界纪录的项目，只公布最高成绩，这是为了对菲迪皮茨表示敬仰。

原来"马拉松长跑"就是这样来的。它既是对那次反侵略战争的纪念，也是后人对那位忠诚士兵的崇敬。

马拉松战役的胜利，极大地增强了希腊人抵抗波斯侵略的必胜信心。后来波斯帝国又发动了第三次大规模入侵，同样大败而归。希腊被征服的其他城邦虽然送去了"土和水"，但并不代表他们的人民是屈服的，他们乘机起义。希波战争使显赫一时的波斯帝国也因此逐渐衰落下去。

故事启迪

在这样一场正义之战中，菲迪皮茨为了战争的最后胜利，不可思议地在两天内跑了 150 公里，又用尽全身的力气将好消息告诉了人民。读了上面的故事，你一定为菲迪皮茨的精神感动吧，你也一定会记住这位英雄。哪里有压迫，哪里就有反抗，哪里有正义，哪里就有胜利。雅典能够胜利，这与雅典军民的团结一心、同仇敌忾是分不开的。

奇思妙想

1. 自认为强大的波斯帝国，最后失败了，他应吸取什么教训？

2. 你一定或多或少品尝过胜利的果实，试着写下成功后的感受。

在世界航海家中,中国有郑和(郑和下西洋),外国有哥伦布、麦哲伦(麦哲伦全球航行)。你知道哥伦布吗?他发现了美洲大陆。有人讥讽他说,这纯粹是偶然,可是,这是真的吗?让我们一起去寻找答案吧!

哥伦布发现新大陆

1451 年,哥伦布出生在意大利的热那亚城。 那时,航海探险的热潮正在欧洲各地掀起。 热那亚更是一个航海事业非常发达的城市。 哥伦布年轻时,就参加过很多短途的航海活动。 特别是 100 多年前的马可·波罗的东游壮举,给了他极大鼓舞。 少年时期,正赶上《马可·波罗游记》一书正式出版发行,成为青年们最喜欢的读物。 因此,和其他青年一样,哥伦布也喜欢冒险和旅行。 不久,<u>地理学家们又断定地球是圆球形,于是有些航海家深信,只要一直往西航行,就能和马可·波罗一样到达东方。</u>

科学的发展点燃了人们的梦想之火。

当时欧洲各国经济都很发达,使用的货币都是金币,因此黄金代表了财富。 整个欧洲出现了黄金热,从国王到臣民,每个人都在疯狂地寻找黄金。 <u>哥伦布也包括其中,他曾说过:"黄金是一个神奇的东西! 有了它,就可以为所欲为,做他想做的任</u>

这句话表现了哥伦布对黄金的狂热,可是事实是这样吗? 金子什么都能买到吗?

何事情。 有了黄金，他的灵魂就可以进入天堂。"

马可·波罗在他的书中把东方描绘成"黄金遍地"，于是便有一些冒险家们为了黄金驾起了帆船去寻找它。 寻找新航路最早的是葡萄牙的迪亚士。1486年，他航行至非洲最南端的好望角。 虽然黄金没有找到，却鼓舞了那些跃（yuè）跃欲试（跃跃，因急切期待而心情激动的样子。迫不及待想试一下。）的冒险家们。 哥伦布此时已成为一名经验丰富的水手了，他决心去航海，寻找新的航路。 但是，远航需要的大量的金钱和巨大坚固的船只他都没有。 于是，在1486年，他来到富有的西班牙，把开辟新航路的计划告诉给国王。 此时西班牙很发达，正准备向外扩张，所以西班牙国王对哥伦布的主意很是欣赏。 1492年4月17日，西班牙国王和哥伦布签订了一个协定，西班牙答应支付一切费用，哥伦布被封为将来那些新发现岛屿和土地的统治者，可以拥有新土地的总收入的二十分之一，而新土地的所有权属于西班牙。 这一协定被称为"圣大非协定"，哥伦布接受了这些条款。

1492年8月3日，一切都准备好，哥伦布的船队从西班牙出发了。 他的船队由三艘大帆船、87名水手组成。 船队离开西班牙的海岸，一直向西航行。 1492年10月12日凌晨，经过两个多月的航行，水手们对艰苦的水上生活已经无法忍受，因此怨声四起，叛乱眼看就要发生。 这时，一名水手突然惊叫："天哪！前面有陆地！"众人一看，前面果然有一片长着绿色植物的陆地。 待到帆船靠岸，众人下去一看，原来是一个岛屿，上面水和食物一应

新大陆的开辟从一开始就是一笔肮脏的交易。

坚持到底才能看到胜利的曙光。

俱全，还有人居住。 一个水手向同伴们高叫道："啊，救世主！"于是，这个岛屿被哥伦布叫做圣萨尔多（意为救世主）。 实际上，那个岛屿就是现在的巴哈马群岛中的华特林岛。

哥伦布以为他已经到达了东方富国印度，于是就把这里的人称做印第安人。 接着，哥伦布又向南航行，先后到达了古巴和海地，他发现，这里岛屿众多，根本没有那传说中的黄金。 <u>但是，哥伦布却以殖民者的身份在那里建立了根据地，掠夺印第安人的贵重物品。</u>

1493 年 3 月 15 日，带着掠夺来的财富和 10 个印第安人，哥伦布回到了西班牙的巴罗士港，向欧洲人宣布，他已经发现了通往印度的航路。 全欧洲一下子轰动了，哥伦布得到了西班牙国王的礼遇，被封为西班牙的贵族。

在这里还有一个关于哥伦布的小故事。 一天，哥伦布应邀参加西班牙一个贵族为他举办的宴会。其中包括那些对他嫉妒的人。 这些傲慢自负的名流们急着要给哥伦布一个难堪。 其中一位对哥伦布说："你发现了一个奇怪的大陆，那又如何呢？我们不明白这件事有什么好谈的。 任何人都能穿过海洋航行，并且任何人也都能像你一样发现那个地方，这是世界上最简单不过的事情了。"

哥伦布没有说话，他沉思了一下，从碟子里拿出一个鸡蛋，对这伙傲慢的家伙们说："先生们，谁能把这个鸡蛋竖直立起来？"那伙人一个一个都上前试验，当然，谁也没有把鸡蛋立起来。 他们都说，这根本无法办到。

无耻的掠夺，置印第安人于水火之中。

看似很简单的事，别人都想不到做不到，而哥伦布却想到了做到了。

说理形象生动，惟妙惟肖，形象地解释了自己成功的原因！

这时哥伦布拿起了鸡蛋，看了看这伙自负傲慢的人，然后把鸡蛋的一头和桌子一碰，鸡蛋壳被磕平了一小块，鸡蛋便直立在桌子上了。那伙人见了个个傻了眼。哥伦布对他们说："先生们，这事情太简单了，可是你们谁也没去做。我只是做了你们没有做过的事情。"

哥伦布确实做了一件任何人都没做过的事情，而恰恰是这件别人没有做的事情，才使世界发现了美洲大陆，开辟了一个新的航路。

1498 年，哥伦布第二次到达美洲。1502 年，他又第三次航海到达美洲。直到他病死在西班牙的瓦里阿多里城，他一直以为他发现了东方的印度。

与哥伦布同时代的冒险家意大利人亚美利加于 1499 年也率船队到达美洲。不过，他穿过了中美洲大陆，看到了浩瀚的太平洋，于是他确定哥伦布发现的是一个新的大陆。所以，人们就把亚美利加发现的这一大陆称为"亚美利加洲（简称"美洲"。）"。

哥伦布起初是带着寻金的梦想航海的，不想却意外地发现了美洲大陆，这一意外发现直接导致了新航路的开辟。

在哥伦布发现新大陆后的 20 年，越来越多的冒险家开始探险。其中最成功的是葡萄牙人麦哲伦。在西班牙国王的资助下，他于 1519 年 9 月 20 日带着 265 名水手，驾着 5 条大帆船，开始了人类历史上的第一次环球航行的壮举。他们到达美洲最南端是在 1520 年，横过太平洋到达菲律宾群岛是在 1521 年，于 1522 年 9 月返回西班牙。哥伦布、麦哲伦的冒险活动以及新航路的开辟，是世界交通史上举足轻重的大事。促进了东西方文化的进一步交流，也使西方殖民主义者的殖民活动更加活跃起来。

成功的花儿,在你羡慕她漂亮的花朵时,你可知道它成功背后的汗水与泪水?哥伦布能发现美洲大陆绝不是偶然,那是他历经千辛万苦寻来的。所以,你要为每个人的一点点进步与成功而祝福,因为他们为了成功付出了很多很多。

奇思妙想 ◠ •

1. 哥伦布发现新大陆是偶然的吗?

2. 是什么让哥伦布在发现新大陆后,又进行第二次、第三次航行呢?

我国国庆日的由来,你们知道吗?我相信,你们的爸爸或妈妈一定给你们讲过了。那么,法国的国庆是怎么来的呢?他与巴士底狱有什么关系?让我们回到历史的这一天去看看吧!

攻克巴士底狱

残暴的统治会带来人民的反抗,这是一个永恒的真理。

在等级严明的阶级社会里,平民永远处于最底层,无法享受到统治阶层的"民主"。

在 18 世纪的法国,提起巴士底狱,百姓就忍不住咬牙切齿。 因为它代表的是法国的专制统治,法国历代封建王朝都利用这座监狱,对反抗专制的人民进行无休止的囚禁和残害。

1789 年,法国的政治经济危机空前严重,人民群众在水深火热之中挣扎,他们的反抗情绪越来越激烈。 为了摆脱困境,波旁王朝的国王路易十六召开三级会议,想找出一个解决的办法。 当时的法国等级严明,僧侣是第一等级,贵族是第二等级,平民属于第三等级。 平民在法国的地位最低,所以他们反抗的呼声最高,强烈要求废除专制制度,取得自由。 在三级会议上,路易十六为了解决国家目前的困难,只想对平民征税而对第三等级的要求却置之不理。

路易十六的做法激怒了第三等级的代表,他们宣布单独举行国民会议,商量国家大事。

路易十六被气得快要疯了,他在皇宫里拍着桌子嚷道："反啦！反啦！这帮家伙都得进巴士底狱！"很快，路易十六派出大批军警，封闭了会场，禁止国民会议的召开。 国民会议的代表没有屈服，他们为了制定一部制约国王权力的宪法，于 7 月 9 日将国民会议改名为制宪会议，公开与国王对抗。此时，路易十六已决定用武力解决问题，他以最快的速度从各地调集兵力，妄想用刺刀和大炮来使对手屈服。

法国人民对路易十六早就有所防备。 他们觉察到路易十六的举动，就立即上街游行示威。 一万多市民到罗亚尔宫的花园里聚集。 一位领头的青年跳上一个土丘大声喊道："市民们，难道我们还要一直沉默下去吗？今晚，那个该死的国王会派军队来镇压我们，我们只有两个选择，要么去死，要么拿起武器反抗。"

"拿起武器，赶走暴君！"市民们都义愤填膺，大声喊道。 突然人群的最后面出现一阵嘈杂声，路易十六的骑兵赶来了。 这帮人骑着高头大马，手持大刀，毫不留情地向手无寸铁的百姓砍了下去。 顷刻之间，鲜血染红了整个花园。

人民彻底被激怒了，他们揭竿而起(高举反抗的旗帜,起来斗争。) 7 月 13 日清晨，巴黎上空响起了急促的警钟声。 大家自发组织起来，占领了街道和社区，控制了除巴士底狱以外的整个地区。 路易十六还在作最后挣扎，他向巴士底狱派去了一队龙骑兵，并把大批军火运进巴士底狱。 巴士底狱守备军总司令在接到坚守的命令后，准备用血腥屠杀对付起义者。

7月14日清晨,"打倒巴士底狱"的吼声回荡在巴黎上空,成千上万拿着武器的起义者来到巴士底狱,把巴士底狱围得水泄不通。

巴士底狱建于1382年,有着坚实的围墙和八个塔楼,塔楼顶端是八个巨大的炮楼,监狱墙外的深水壕沟宽达几十米,如果不通过吊架,就无法展开进攻。所以,起义者为了减少伤亡,他们派出代表去劝说守备军总司令,希望他能投降。可守备军总司令置之不理,他让守备军把罪恶的子弹射向起义者。

起义者明白了和敌人是不存在情面的,他们用一架又一架云梯,架在巴士底狱的围墙上,进攻巴士底狱的战斗开始了,巴士底狱守备军总司令疯狂叫喊着:"给我开炮,把这些混蛋统统都给我打死!"

四个小时过去了,起义者已牺牲一百多人,可还没成功地打开一个缺口。起义者不相信巴士底狱是铁做的,倒下一个人,就补上十个。<u>这时,起义者的一颗炮弹飞向了吊架,打断了吊架的绳索,吊架正好落在了壕沟之上。起义者大喜,他们趁机举着武器,向敌人扑去。</u>

守备军总司令见大势已去,他用手中的刀砍倒一个起义者,狂吼道:"快去点燃火药库,我要把巴士底狱炸上空中,和那些混蛋们同归于尽。"那些守备军士兵彼此使了使眼色,原来他们也早就无法忍受波旁王朝,大家一齐行动,把守备军总司令给捆了个四脚朝天。

很快,巴士底狱被攻陷了。攻克巴士底狱,标志着法国资产阶级革命的开始。 随着革命形势的发展，1789 年 8 月，制宪会议掌握了国家大权，颁布了"八月法令"，废除了几千年的封建制度。 随后，又通过了《人权宣言》，向全世界宣布了人身自由、权利平等的原则。 后来，法国将 7 月 14 日定为国庆日，以纪念攻克巴士底狱。

故事启迪

法国平民为了反抗国王的残暴统治，为了争取自己应有的权利，为了自己的美好未来——他们选择了拿起武器反抗！我们要为在这场战争中牺牲的法国人民致敬，是他们不怕牺牲的精神赢得了胜利！

波旁王朝的国王路易十六太过于贪婪了，他忘记了支撑他的不是僧侣和贵族，而是平民！

奇思妙想

1. 你认为路易十六错在哪里？

2. 你和朋友相处，要注意哪些方面？

拿破仑是法国一位很有名的皇帝,他野心勃勃,一直想着称霸整个欧洲。于是,欧洲几个国家为了自保与法国进行了一场战争。在法国的凡尔登战俘营中逃出了两名战俘,一心想回国。他们能回到自己的国家吗?若他们碰上追兵怎么办?

皇帝与战俘

帝国之间的争霸战争,实质上就是各国利益争夺的战争。

十九世纪初,法国有个很有名的皇帝叫拿破仑,他是借助于法国资产阶级革命才登上历史舞台的。 然而,他上台后却背叛了革命,重新实行封建专制统治,自己又当上了皇帝。 <u>这还不算,他还野心勃勃,一直想要称霸欧洲,做欧洲的霸主。 当时欧洲的另外一个强国英国担心自己的利益会被拿破仑的扩张损害,就联合欧洲其他国家一起组成"反法同盟",共同抗击拿破仑。</u> 两军打仗,肯定会有人被对方俘虏过去。

1804 年,有两名英国战俘从法国凡尔登战俘营里千方百计逃了出来,最后他们一直逃到了与英国隔海相望的布伦港口。 在那里,他们找来了几块小木板,用力把它们制成了一只小木筏。 木筏很小,只有一米见方,很轻,一个人轻而易举就可以把它扛在肩上。 这两名英国战俘计划乘这只木筏逃离法国。 当然,他们也很清楚,仅仅靠这只木筏横渡险恶的英吉利海峡返回英国，简直是异想天开。但他们并没有绝望而放弃，他们期盼能在大海中遇上一艘英国帆船而回家，因为有很多英国船只出没在英吉利海峡。 但是，无论如何，两名英国战俘就这样回国仍是九死一生（九，表示多数或多次。形容历经艰险或多次死里逃生，也形容情况或处境极端危险。），首先，法国海岸部队极有可能发现他们，一旦被发现，就必死无疑。 即便他们运气好，逃离了法国，也极有可能葬身海底。 然而，这两名勇敢的英国人毫不惧怕所面临的危险，决意用自制的小木筏偷渡回国。

有一天，他俩在海岸边发现有一艘英国军舰出现在海面上，于是，他们立即把木筏推入海中，拼命向海中划去。 他们奋力地划桨，以最快的速度朝军舰追赶过去。 当时的军舰也是帆船，如果海面上没有风的话，军舰行驶得并不快。

不幸的是，两名英国人在离海岸不到二百米的地方，被法国士兵发现了，他们当即被抓了回来。很简单，等待他们的只有死路一条。尽管如此，这两名英国人的冒险精神与勇敢行为，还是很快传遍整个布伦港。 这时，拿破仑恰好在布伦视察，也听说了这件事情。

拿破仑作为一国之君，早就威震欧洲，不仅他的臣民十分害怕他，许多小国家的君王一听到他的名字也浑身发抖。但身为皇帝的拿破仑像小孩子似的对这件事好奇心十足。 他立刻下令要见见这两个英国战俘和他们制作的小木筏，他想亲眼目睹这两个非凡的英国人和他们的神奇小舟究竟是什么

带着微薄的希望，两个士兵出发了，他们能成功吗？

逃跑的希望破灭了，但两名英国人却意外赢得了别人的赞誉，可以说是因祸得福。

每个人都有好奇心，皇帝也不例外。

123

样子。

法国皇帝对站在他面前的两个英国战俘和他们做的木筏仔细观察。这两个英国人竟然敢用这么简单的工具去逃跑？拿破仑非常惊讶。

"你们当真想乘这只木筏渡海回去吗？"拿破仑不相信地问。

"是的，陛下，"英国人回答，"如果您不相信，那您就放我们走，我们会证明给您看。"

拿破仑紧皱眉头，手反剪在背后，不停地踱着步，若有所思，不时地看一眼两个英国人和他们的木筏。最后，他对英国人说：

"你们可以走了，你们是勇敢的人。无论在哪里，我都对勇敢的人十分钦佩。但是你们不应随便冒险，这样对不起自己的生命。现在我不但放你们回去，而且我还要送你们一程。你们回到伦敦后，要告诉你们的同胞，我敬重勇敢的人，不管他们是不是我的敌人。"随后，拿破仑命令手下送给两名英国人一些金币，并护送他们上了英国的轮船。

> 勇敢的人一定会赢得别人的钦佩，甚至包括自己的敌人。

故事启迪

哪里有战争，哪里就免不了有战俘，皇帝与自己的战俘本来就势不两立，可偏偏就相遇了。两名英国人用自己的勇气感动了拿破仑，并得到回国的机会。是他们为了自救和回国的决心帮助自己完成了不可能完成的任务。

有时，你会遇到不可能完成的任务，或是时间短暂，或是你能力有限，但只要你面对困难，毫不畏惧，你可以克服困难的，最重要的是，你可以没有任何遗憾了！

1. 这两名英国战俘为什么确定自己能回到英国?

2. 拿破仑为什么要放了两名英国战俘?

很多女孩子应该都喜欢"白衣天使"吧！印象中,她们有着漂亮的脸庞、和蔼可亲的微笑。那么,你知道国际护士节是怎样来的吗？是谁让护士这一职业受到大家的尊重呢？

提灯女郎

十九世纪中叶,沙皇俄国奉行侵略扩张的国策,不断向黑海附近和东欧侵犯,欧洲几个大国感觉到来自俄国的威胁,都不能忍受俄国的这种扩张行为,它们联合起来,共同抗击俄国的侵犯。 战争爆发了,历史上称之为克里米亚战争,它使人民陷入苦难之中,但也因此催生了一项高尚的职业——医疗护理。 这项工作的创始人是一位名叫南丁格尔的英国妇女。

南丁格尔出生在一个富裕的家庭。 虽然很富有,但她的父母为人都很慈善。 在他们的熏陶下,南丁格尔自幼就立下了毕生要为穷人、病人服务的志向。 当她长大后立志要学护理时,她的父母亲都不愿意相信,因为当时护理工作被认为是个辛苦而又低贱的职业,富人家的孩子别说要当护士,就是常往医院跑,也是很不光彩的事。 有钱人要做善事,只要向一些福利机构捐款就行了,而自己去当

这句为南丁格尔以后从事护士职业作下了铺垫。

当时的社会对护士这一职业存在很大的偏见,这也更反衬出南丁格尔意志的坚定。

126

护士就有点匪（fěi）夷所思（匪，不是。夷，平常。不是平常人所能想象的。后来形容人的思想离奇。）了。南丁格尔的父母亲坚决拒绝女儿的要求。但南丁格尔没有放弃，她苦读医学书籍，还热心向有医学知识的人求教。看她决心如此，父母亲只好让她去德国，在一所教会办的学校学习护理。在学校里，南丁格尔勤奋学习，很快就学会了许多护理知识，学成以后，她就在一所医院里担任护士长了。

1853 年，当克里米亚战争爆发的时候，南丁格尔已经 33 岁了。当时，每天的报纸上都有前方的报道，里面充满了关于战地缺乏医疗护理、伤病员大量死亡的消息。南丁格尔感到非常痛苦和焦虑。她心中渐渐有了一个大胆的决定。

护士这一职业的重要性显现出来了。

一天，南丁格尔找到医院院长，告诉院长她想带一些人到前线去参加护理工作。院长惊呆了，当时是不允许女人上战场的，而且又是到条件恶劣的野战医院去工作，院长坚决不同意！南丁格尔坚定地说："我已经决定了，这是最好的办法，一定可以挽救许多士兵的生命。请您答应我吧。"院长是个保守的人，他皱着眉头，就是不同意她的请求。

没有办法的南丁格尔沮丧地回到家里，她整天（郁郁寡欢）（心情较差，不高兴的样子。）。她的父母知道她的想法以后，很为女儿担心。他们费了很多周折找到陆军大臣，为女儿说情，南丁格尔终于可以去前线了。几天后，南丁格尔就带着大多由修女组成的 38 人的医疗护理队上了前线。

谁说女子不如男？即使当时的修女也表现得十分勇敢而坚强。

到了前线，那不忍目睹的景象令她们不敢相信，但也像一剂兴奋剂，激发了她们的工作热情。

127

野战医院里处处都是伤兵，有的手脚断了，有的患了痢疾等疾病。在病人的身边，老鼠臭虫随处可见，床单都发黑了，上面都是污腥的血迹；房内臭烘烘的，人人脸上都露着绝望的表情，那份混乱、肮脏的场面无法用言语形容。南丁格尔一行到来后，立即投入了清理、打扫卫生的工作。医院的医生们还不习惯这么一群白衣女子。南丁格尔和她的队员对医生的处处习难假装不知道，她们冒着可能被传染上疾病的危险，夜以继日地工作着，一天的工作量是平时的几倍还要多，她们每天要工作整整二十个小时。她们要拆洗床单和病人的衣服，置买日常用品，煮营养食物等等。很快，整个野战医院就被她们整理得焕然一新。伤员们都深深被感动了，都称南丁格尔和她的队员们是"白衣天使"。她的工作很有效，伤员的死亡率迅速下降，由原来的百分之四十二下降到百分之二。国内一些本来对南丁格尔她们的行为指手画脚、不以为是的绅士们读着南方来的报道，不得不闭上嘴巴，对她们肃然起敬。

南丁格尔从来没有考虑别人的看法，只是专心地把所有的精力投在伤员身上。她注意到有些伤员精神很空虚，觉得这是药物奈何不得的病，考虑了几天，她开始动员大家一起在医院附近开办咖啡室、阅览室、游艺场等等娱乐场所。在这里，伤员们可以像在家里一样舒适地生活、养病，他们都把南丁格尔当做了自己的知心人。

有一天深夜，南丁格尔像往常一样提着马灯巡视病房，看看伤员情况。一个未睡着的士兵低声叫

为了理想的实现忘我地工作，让伤员们被护理得更细致，这精神感动了无数人！

南丁格尔不但医治战士们身体上的伤病，而且疗救他们精神上的创伤，这是何等的伟大啊！

128

她的名字："南丁格尔小姐，南丁格尔小姐!"南丁格尔走到他面前，轻柔地问道："您需要什么帮助?"只见那个战士满脸通红，不好意思地说："我把便盆碰掉了，您能帮我拿一下好吗?"原来这是个重伤员，全身缠满了石膏，身子一点也动弹不得。南丁格尔笑了笑，拣起了掉在床底下的便盆，把它仔细擦干净，还用手将它焐热，然后把它塞进那个士兵的被窝里。 那个士兵看着这一切，感动得眼中噙着泪花，半天都说不出话来。

这是母性的伟大!

这所野战医院的伤员在自己的家信中都说：

"我们的'提灯女郎'是个的的确确的天使，我们的伤口只要让她碰一下，就立刻不痛了。"

"能得到南丁格尔小姐的看护，真是太幸福了。"

南丁格尔受到人们由衷的赞美。

在当时的英国，南丁格尔成了一个传奇式的人物。

然而，由于过度疲劳，南丁格尔不久就病倒了。 她病得很重，已经濒临死亡了，伤员们知道后，都失声痛哭。 他们不断地祈祷，甘愿以自己的生命换回她的性命。 十分幸运的是，南丁格尔从死亡的边缘被拉了回来。 她身体刚刚好转，又马不停蹄地投入了工作。

克里米亚战争结束后，南丁格尔回到了家乡，她被人民尊为民族英雄。 1860 年，她用大家捐助的南丁格尔基金创办了"南丁格尔护士学校"，这是世界上最早，也是第一所正式的护士学校。 后来，由她开创的战地护理事业和护理学校在全世界普及。 南丁格尔一直是单身，她把自己的所有精力完全奉献给了她的护理事业。

在她八十七岁高龄时，英国国王为她颁发了勋章，以表彰她为英国所做的贡献。南丁格尔是英国历史上第一位受勋的女子。为了纪念她和她的业绩，南丁格尔的生日，即五月十二日后来被定为"国际护士节"。

故事启迪 ●

多么伟大的一名女子啊！她把自己的一生都献给了伟大的护士事业。谁是最可爱的人？有人说是战士，但对于病人来说，护士是最可爱的人！他们干着最脏最累的活，收入却是微薄的。但是不管怎样，他们有着天使一般的心。

"上善若水"，真正善良的人在为他人服务时，内心感到的是开心与快乐。想得到更多的快乐吗？那就去帮助你身边的弱者吧！

奇思妙想 ●

1. 小朋友们，你们知道要想成为一名护士，应该具备哪些能力？

2. 你的身边有一些残障人士吗？你原来是怎么看待他们的？今后你将怎样对待他们？

新事物代替旧事物是要经过一番考验的,人们接受旧事物的熏陶太久了就很难接受新事物,真理也是一样的。现在我们都承认自己的祖先是猿,可在十八世纪中叶,很多人相信"上帝造人"说。真理派与守旧派是如何斗争的呢?就让我们看看下文:

达尔文的"看家狗"

1860 年 6 月 30 日,英国牛津大学(位于英国牛津市,和剑桥大学时常被合称为牛桥(牛剑),他们两个是英格兰最古老的大学,也是世界大学排名中的顶级大学。)的演讲厅里人满为患,十分热闹,<u>听众席和主席台上坐满了人,不仅有白发的老教授,还有穿着十分讲究的贵妇人,中间还有很多穿着红袍子或黑袍子的主教或教士,连过道上也挤满了人。</u>牛津大学还从来没有过如此热闹的场面,这里究竟要干吗啊?原来这里马上就要进行一场大辩论,是关于人类起源的。然而,为什么这场辩论会会吸引如此多的人前来参加呢?这还要从十八世纪中叶说起。

用参加的人数之多,身份之复杂来衬托这次辩论的重要。

在那个时期,一些先进的科学家就开始挑战上帝创造人的传统说法,他们宣称人类是由猿进化而来,而不是由上帝创造的。可想而知,这种观点肯

131

定会被教会猛烈攻击。 1859 年，英国博物学家达尔文发表了他的代表作《物种起源》一书，明确提出：人类是由古猿进化而来的。 从此，科学同愚昧开始了一场旷日持久的斗争。 在这场斗争中，有个十分激进的进化论者叫赫胥黎，他是一个博物学家，在经过对动物、生物和人类进行的长期研究后，宣称人、猿同祖。 所以他是众多达尔文的积极支持者之一。

《物种起源》一书的出版极大地冲击了"神创说"的传统观念，引起教会激烈反对，但也得到许多有识之士的赞赏和维护。

我们再回到牛津大学的演讲厅里来。 此刻，演讲厅里已经是人声鼎沸。

"尊敬的女士们，先生们，请大家安静！安静！现在我宣布辩论会正式开始！"今天由牛津主教威尔伯福斯先生主持会议。 他摇着铃，站在讲台上大声叫着。 突然他看到赫胥黎正昂首挺胸地向会场走来，暗自咬牙切齿地说了声："这只咬人的狗又来了。"

人们都对赫胥黎的大名非常熟悉，纷纷给他让路。 赫胥黎直接走到主席台上，在威尔伯福斯旁边坐下，他面无表情地接着主教的话说："<u>是啊！最害怕嗅觉灵敏的猎犬的当然是盗贼！</u>"

赫胥黎不动声色地把主教骂为盗贼。

威尔伯福斯气得浑身发抖。 他决定第一个发言，争取把主动权控制在手里。 他稍微调了一下心神说："诸位，自古以来，我们的祖先，就从教堂里得知。 而《圣经》上也写得一清二楚：上帝创造了世界，创造了人类。 天地万物是上帝先花了五天的时间创造的，第六天，上帝又根据自己的模样创造了人。 第一个被上帝创造的人名叫亚当，他是用地上的尘土做成亚当的。 <u>上帝把尘土捏在一起，做</u>

132

成人的模样，再往他的鼻孔里吹口气，于是亚当就获得了灵魂，成了男人。 上帝在亚当睡着的时候，从他身上取下一根肋骨，创造出一个名叫夏娃的女人，他们是我们的祖先，我们都是亚当和夏娃的子孙。"

牛津主教只会照本宣科，其理论毫无新意。

威尔伯福斯没有停顿地讲到这里，感到有些累。 这些话他在教堂布道时说过无数遍，实在没有意思。 他自己也觉得是让人厌恶，但这却是"真理"啊，这位主教对这一点坚信无比。 他停顿了一下，用眼角瞟了瞟旁边的赫胥黎。 只听会场上有许多人附和着："对！主教大人，您说得对！我们都是亚当和夏娃的后代！"

威尔伯福斯喘了口气，接着说："可是，现在却有人认为我们人类的祖先是猿，是猴子，简直是胡说八道！"

会场上立刻就像炸了锅似的，那些仍然认为上帝创造人的先生、女士们大声喊叫着，咒骂着，他们好像受到了无法忍受的污辱。 "什么？我们都是猴子变来的？我们的祖先是那肮脏、可笑的动物？真是天方夜谭！认为这样的人不是疯子就是恶魔。"这时，一位漂亮的太太实在忍无可忍，就冲上讲台，指着自己的鼻尖说："难道猴子能变出像我这样漂亮的女人？"

这些人对宗教的狂热使他们很难接受一种全新的理论。

"是啊！是啊！把那个说猴子是我们的祖先的家伙揪出来。"

赫胥黎冷静地观察着大家，他心中清清楚楚，说这些话的人都是因为受了宗教的蒙蔽。 他今天来，就是想利用这个难得的机会，来宣传进化论、普及进化论，让世人都认识到进化论的科学性。 他相信真理最终会战胜谬误。 可这会儿眼看着会场上人们愤怒的样子，再静坐下去是不可能了。 正在这时，威尔伯福斯冷笑着对赫胥黎说起话来："赫胥黎先生，我想请教您一下，按照您的关于人类是从猴子变来的观点，那么，您是从猴祖父那儿生出来的，还是从猴祖母那儿生出来的？"

主教的话语里带有明显的挑衅意味。

话音刚落，坐在会场前面呐喊助威的教士和教徒们就纷纷叫好，那些来凑热闹的太太、小姐们也疯了一样地挥动着手帕，大声助威。 威尔伯福斯十分得意，昂着头，以一副胜利者的姿态坐了下来，等待着赫胥黎出丑。

这时，赫胥黎站起来，环视了一下会场，会场顿时变得静悄悄的。 大家心态各异地等待着他的回答。 坚定的光芒从赫胥黎明亮深沉的眼睛里射了出来。 只见他从容自如地走到台前，用庄严的声音对大家说道："女士们，先生们，你们可以把我当成达尔文的看家狗。 诸位都对进化论有所耳闻，我相信你们也都对达尔文先生的《物种起源》一书十分了解，他在书中对人是由猿进化而来的观点进行了严谨、科学的论证。 至于主教大人刚才所宣扬的那套上帝造人的谎言，它的根据又是什么呢？《圣经》难道不也是人编出来的吗？ 我们为什么宁可被谎言欺骗而不选择真理呢？"

赫胥黎陈述问题，有条不紊，有理有据，非常严密，相当有说服力。

会场上又是议论声一片，刚才激动愤恨的那些先生、太太们都无话可说，听着旁边别人的赞同声，满脸通红。 这时赫胥黎用更加坚定的声音说："朋友们，我再说一遍：人类不应该因为他的祖先是猴子而不能接受。 而这正好证明人类是自然的主宰，因为人是在自然界残酷的竞争中得以生存、演变过来的最智慧的生物。 人类，而不是上帝，才是世界的主人，我们难道要与真理越走越远吗？那才是人类真正的耻辱。 只有那些无所事事、不学无术而又只能靠着上帝才能生存的人，才会以祖先的野蛮而感到羞耻。

真理面前，上帝造人的理论多么的不堪一击啊！

话音刚落，场下就是掌声一片。 赫胥黎有理有据的答辩赢得了大多数听众的支持和阵阵喝彩。 威尔伯福斯脸上挂不住，十分难堪。 他匆匆走下了讲台，带着几个教士黯然退场。

进化论者终于获得了胜利，从此，达尔文的进化论得以普及，渐渐地深入人心，成为人人皆知的真理。 这可离不开"达尔文的看家狗"赫胥黎啊！

故事启迪

赫威之争以赫胥黎的胜利而告终，真理最终会战胜虚无取得胜利！

从这个故事中，你要知道两点：

1. 我们要不断学习新的知识，要有"活到老，学到老"的学习观。

2. 即使是书上的东西，也是人写出来的，也会有错误。当你遇到疑问时，你要勇敢地提出来，这样，你才会成为真正会学习的人！

奇思妙想

1. 开始时，为什么人们对"上帝造人"说深信不疑？

2. 你知道达尔文进化论的更多内容吗？

欧洲国家之间发生过很多战争,原因也各异。什么原因导致了普法战争呢?也许你不相信,它的导火索竟是一份被篡改了的电报。这封被篡改的电报到底有什么特别之处呢?真是让人费解。请看下面的故事。

一份被篡改的电报

欧洲近代历史上发生了许多次国际战争,探其原因,大多是因为大国间争权夺利引发的争斗。1870 年爆发的普法战争就是典型的一例。 这次战争爆发于当时欧洲两个强国法国和普鲁士之间。 什么原因导致了普法战争呢? 也许你不相信,它的导火索竟是一份被篡(cuàn)改了的电报。

帝国之间的战争从一开始就是争权夺利、肮脏的战争。

那时,法国皇帝拿破仑三世一直想称霸欧洲;而法国东面的邻国普鲁士王国由于国王威廉一世和首相俾斯麦的推动,逐渐强大起来,也想吞并周围的国家,称霸欧洲。 1868 年,法国西南的邻国西班牙爆发革命,女王伊莎贝拉被迫下台,普鲁士首相俾斯麦见机会来了,便想让普鲁士国王的堂兄弟利奥波德亲王去继承西班牙王位。 这当然对法国十分不利,法国皇帝认为普鲁士人一旦得逞,那法国就被夹在普、西两国中间,会有被夹击的危险,加上法国本来对日益强大的普鲁士心存戒惧。 现在如何是好呢？骄狂的拿破仑三世就直接对利奥波德亲王的父亲施加压力，亲王的父亲百般无奈，只好发表声明，正式表示不同意由他儿子继承西班牙王位。<u>按理说，问题到此已经解决了，然而拿破仑三世得寸进尺，一定要普鲁士国王以书面形式亲自保证不让他的堂兄弟继承西班牙王位。</u>

得寸进尺、贪心不足的人能赢得最后的是胜利吗？

1870 年 7 月 13 日，驻普鲁士的法国大使奉拿破仑三世的命令，不顾炎热，紧急从柏林赶往埃姆斯温泉，前去拜见正在那里避暑的普鲁士国王威廉一世。 大使呈上一份法国外交照会，把拿破仑三世的要求告诉给威廉一世，对于法国的无理要求，威廉一世很是生气。 会见后，他把同法国大使会见的情况拍电报给首相俾斯麦，并表示西班牙王位继承问题与普鲁士没有太大关系，实际是国王自己想放弃控制西班牙王位了。 电报又说，法国大使如再来就这件事纠缠，那他就"不再接待"了。

俾斯麦是个强硬人物，他相信解决问题的办法只有通过战争，而后来普鲁士王国就是凭借战争统一了德意志，他也因此做了德意志帝国的宰相，被人们称做"铁血宰相"。 那天接到国王的电报后，他就一直在思考，在房间里不停地来回踱步，想从中找个突破口以发动战争。 他当时还兼任着外交大臣的职务，对法国的国情心知肚明，知道当时的法国肯定不是普鲁士的对手，所以就老想挑起战争，击败法国这个宿（sù）敌（时间很长的敌人。）。 <u>经过一番仔细的规划，他发现电文中还是可以动手脚的，便马上对电报加以精心的篡改。 篡改后的电文最后一句是这样的：普鲁士国王陛下以后拒不接见</u>

俾斯麦篡改了电文，历史的改变往往就在某一个瞬间。

137

法国大使，并命令值日副官转告法国大使，国王陛下不再想同法国谈什么了。 这样的话其实就是向法国挑战。

第二天，7 月 14 日，也就是法国的国庆日，俾斯麦故意把电报在这一天公布出去。 果然，拿破仑三世就像一头公牛见到斗牛士抖起了一块红布似的，立刻被激怒了，掉进了俾斯麦为他设置的陷阱。 7 月 19 日，法国皇帝拿破仑三世向普鲁士正式宣战，普法战争正式爆发。 不到一个月的时间，法军大败，拿破仑三世自己也被德国抓获，丢掉了皇位，成为法兰西民族的罪人。

故事启迪

一场战争的爆发并不是偶然的，它是一场利益或权力之争，只是这场战争的导火索不同。不要小瞧一份小小的电报，它暗藏了一份蓄谋已久的圈套。法国自认为强大无比，可是他忽视了敌人力量的增强。这件事告诉我们，不要恃强凌弱，也不要妄自菲薄。

奇思妙想

1.你还知道哪些战争的导火索是一件小事？

2.在普法战争中你更倾向于哪一方，为什么？

在青霉素问世以前,人们即使是有一点伤口也会面临死亡的危险,更不要说到前线打仗的战士了。自青霉素问世后,情况有了很大转机。是谁发现了青霉素?青霉素又是如何大量生产的呢?

青霉素的问世

在 1944 年 6 月至 7 月的诺曼底登陆战役中,由于天气恶劣,加上地势险要,易守难攻,还由于德军顽强防守,盟军有几万官兵受伤。

这时,一种神奇的药物出现了。许多受伤的官兵经过几十天甚至仅仅十几天的治疗,就很快康复,重返前线。这种神奇的药物就是今天仍在使用的抗菌素——青霉素。

有一位陆军少将如此评价青霉素在诺曼底战役中的功绩:"青霉素是战地医疗史上的转折点,世界上再也没有比它更有效的灵丹妙药。它拯救了无数军人的生命,并使伤员迅速康复,重返战场,这意味着一个士兵可以当做两个甚至三个用!从这点来说,青霉素足以抵得上二十个师的兵力。"

1945 年,把二战结束后的第一届诺贝尔生理学或医学奖颁给了青霉素的发明者——英国细菌学家弗莱明博士、病理学家弗洛里博士和德国化学家钱恩。

青霉素从发明到使用,其历程长达十六年,这

药品在战争中起着至关重要的作用,它能拯救众多的伤员。

中间有许多曲折。

1928 年秋季的一天早晨，在伦敦圣玛丽学院的实验室里，有"怪人"之称的英国细菌学家弗莱明正在小心地取出一个个培养器皿。 他正在努力寻找一种能杀死病原菌的药物。 他曾因发现能杀死细菌的溶菌酶而轰动科学界。 然而，他很快发现溶菌酶对病原菌这类有毒细菌却无能为力。 他决心攻破这个难关。

弗莱明几天前从病人的脓中提取葡萄球菌放在一个盛有果冻的玻璃器皿中培养。 葡萄球菌繁殖起来后，在果冻上密密地趴了一层，呈现出一片金黄色。 这就是弗莱明要攻克的对象，一种极难对付的细菌。 弗莱明叫它"金妖精"。

这天早晨一大早，弗莱明又来到实验室，开始他一天的研究工作。 当他打开玻璃器皿时，却发现"金妖精"上面有一些绿色的霉。

"大概是进了霉菌。 培养失败，一切又得从零开始。"弗莱明皱皱眉，有些不快。

他正准备把器皿中的东西用水冲掉，却又被一种神奇的力量吸引，不禁弯下腰，对这种绿色的霉菌仔细研究起来。

他惊奇地发现所有金色葡萄球菌都消失了，只剩下一个空空的圆圈。 它们去哪里了？难道葡萄球菌被这种不知名的绿色霉菌杀死了？还没有任何一种药物能杀死"金妖精"，这种绿色霉菌怎么有如此强大的威力？

"难道它就是我千辛万苦要寻找的那种杀菌物质？"弗莱明的脑海里灵光一闪。

任何一项伟大的发明在问世之前都不是一帆风顺的，发明家们都要经历很多的曲折和艰辛，弗莱明也不例外。

140

他立即着手研究。 经过多次试验、观察和研究，他确认：这种绿色霉菌足以杀死金色葡萄球菌。

他又找来另外几种细菌做试验，绿色霉菌仍然是所向无敌，白喉菌、肺炎球菌、炭疽菌、链球菌……无一例外地都败在这种绿色霉菌手下。

弗莱明兴奋极了，他决定给这种从绿色霉菌中产生的具有神奇威力的物质命名为"青霉素"。 同时，他继续进行试验，探索它的药用价值。 他首先在老鼠身上做实验。 先是小剂量，然后逐渐加大剂量，一连观察了几天。 老鼠活蹦乱跳，毫无异常现象，这就说明青霉素不仅能杀死有毒细菌，而且没有副作用。

1929 年春，在《新英格兰医学杂志》上，弗莱明发表了一篇题为《青霉素——它的实际应用》的论文。

然而在医院里，临床医生们对这种叫青霉素的新药不大欢迎，他们无法相信从霉烂食品中提取的肮脏细菌能治病。 同时，由于青霉素的提取极其不易，合成青霉素的方法一时还找不出来。 这样，青霉素既无销路，又无法大批量生产。 弗莱明陷入绝望。

第二次世界大战全面爆发后，抗菌消炎类药品的需求急速增加。 当时的主要抗菌药是磺胺类药品，但这种药对一些凶恶的病菌没有作用，并且用久了会产生抗药性。 当时，市场急需一种特效药。

这时，弗莱明在十年前发表的论文被一个人注意到了。 当时，牛津大学著名病理学家弗洛里带着

正是靠这种细致的观察力、不懈的追根究底的精神，弗莱明发现了能制服多种病菌的青霉素！

传统的偏见是多么的顽固。

141

年轻的助手——流落到英国的德国化学家钱恩，正整天泡在牛津大学的图书馆里，为寻找征服病菌的新药而查找资料。 找到弗莱明的论文后，在洛克菲勒基金会的资助下，他们开始了研究工作。 研究小组还有其他二十位研究人员。

只要目标正确，再大的困难都不算什么，弗莱明正一步步向成功迈近。

在一年多的时间里，经过数以万计的实验，他们终于从发霉的肉汤里提取到了极小一部分的青霉素。 1941 年 2 月，青霉素与霉菌成功分离。

接着，他们又进行动物实验，证明青霉素没有副作用。

最后，弗洛里和钱恩开始了谨慎的人体实验。

第一个试用者患的是败血症（致病细菌或霉菌侵入血液循环，引起严重全身症状的疾病。），他是位四十五岁的警察，生命已朝不保夕，自愿做第一个受试者。 结果在使用青霉素之后，他的病情明显好转了许多。 后来青霉素用完了，他的病情又有了反复，不久就死了。

试验成功了，青霉素能够被人们接受了吗？

第二个受试者是一个十五岁的少年，他患了血中毒，也是眼看就不行的人。 弗洛里和钱恩不断地给他注射青霉素，直到他完全康复。 这是第一个被青霉素救活的人。

试验终于成功了！

但是，在临床医疗中，医生还是拒绝使用青霉素，他们怕风险。

万幸的是有更多的战争伤员愿意承担风险。 对他们来说，不冒险也是死路一条，使他们惊奇的是，青霉素发挥了它神奇的药效，他们很快就恢复了健康。

很快，从所有的战地医院传来：需要大批量的青霉素。

然而英伦三岛处于德军的猛烈空袭之下，大量生产青霉素条件不具备。于是，弗洛里和钱恩不远万里，到美国去寻求投产药厂。

经过艰难寻访，勉强有两家小厂答应生产。两位科学家最终找到了支持者。

大规模的生产开始了，弗洛里和钱恩与美国人合作，利用玉米浆液培养832绿菌素，实行工业化大批量生产，生产出一瓶瓶粉末状青霉素。这些青霉素被送到前线，发挥了巨大作用。

故事启迪

现在，在各大药店与医院中，青霉素是很常见的药品。青霉素的问世实在是不容易，这与英国细菌学家弗莱明博士、病理学家弗洛里博士和德国化学家钱恩三位科学家的努力是分不开的。

很多同学在学习中存在困惑：学习有没有捷径啊？怎样学习才能有好成绩？其实，"书山有路勤为径，学海无涯苦作舟"，学习的捷径就是勤奋加坚持不懈。

相信自己，你会找到自己的阳光！

奇思妙想

1. 弗莱明为什么能发现青霉菌？

2. 青霉素从问世到生产经历了哪几步？

在第二次世界大战中,美国很想独善其身,站在中立的立场。可是,这种想法不能得到实现。在美国人还沉浸在一片安静祥和之中时,日本人早已盯上了珍珠港,准备对它发起进攻。日军的偷袭能成功吗? 美丽的珍珠港还能宁静吗?

偷袭珍珠港

第二次世界大战前期,美国一直保持中立政策,想置身于战争之外,那么,为什么美国最终卷入了这场反法西斯的战争呢? 1941 年,日本侵略者疯狂展开全面侵华的战争,战争扩大到菲律宾、印度尼西亚等亚洲和太平洋的许多国家。 从而与力图在这些国家和地区发展势力的美国发生了矛盾。 日本决定给美国一个措手不及,彻底击败美国。

交代了珍珠港事件发生的背景。

1941 年 1 月 7 日,日本帝国联合舰队司令长官山本五十六,在 4 万吨级的"长门"号战舰上踌(chóu)躇(chú)满志(踌躇,从容自得;志,意愿;形容心满意足的样子。),他正在给海军大臣及川起草一份备战计划。 他提出"如敌主力舰队的大部分在珍珠港内停泊,则用飞机编队将其彻底击沉并封闭该港",他认为"要有决战就在开战之初的思想准备"。 "山本上书"赫然拉开了震惊世界的珍珠港事件的序幕。

3月，日本海军部为了偷窃美国舰队活动情况的情报，命令少尉吉川化名森村，以日本驻夏威夷总领事馆工作人员的名义到檀香山专门负责间谍活动，吉川的情报对日军袭击珍珠港起了很大作用。

　　11月26日，集结在日本单冠湾的战舰全部按时到达，一并归南云将军指挥。南云舰队以"赤城"号等6艘航空母舰（载400余架飞机）为主，由2艘战列舰、2艘重巡洋舰、1艘轻巡洋舰和11艘驱逐舰、3艘潜艇、8艘油船组成。清晨6时30分，这支无比庞大的攻击舰队，拔锚起航，舰队组成环形队形，杀向远在3500余海里外的珍珠港。

　　12月1日下午4时，天皇下令开战。2日下午5时30分，山本向杀向珍珠港的南云舰队发出了"攀登新高山1208"的隐语电报，意思就是"按原计划于12月8日展开攻击"。6日，南云又收到山本发来的训示电报：<u>"皇国兴废，在此一战，我军将士务必全力奋战。"</u>为了给士兵打气，"赤城"号战舰的桅顶飘起了日本海军历史上少有的"乙"字旗。

　　经过12天的秘密航行，12月8日，庞大的日本舰队停泊在夏威夷群岛的美国太平洋舰队基地附近，位置大概是瓦胡岛以北230海里的海域。

　　8日凌晨东京时间1时45分，航空母舰上涂着血红的太阳旗标志的飞机准备起飞，随着"起飞"命令的下达，183架日机立即腾空而起，在黎明前的海空中迅速编好队形，组成第一攻击波，扑向珍珠港。

　　在日军一切都准备就绪的时候，珍珠港还是和

日本正紧锣密鼓地为偷袭珍珠港作准备，而美国却一无所知。

战争的阴云笼罩在珍珠港上空。

战争的确关乎一个国家的存亡，而日本发动的战争却是罪恶的。

往常一样安详。 96艘大小美国军舰一动不动地在港口里躺着休息，飞机也整齐地排列在机场上进行休养。 这一天正是星期日，度过了愉快的周末的士兵正在酣睡，昨夜寻欢作乐的军官还没有起床。 一日之晨来临的时候，教堂的钟声响起，电台播放的清晨音乐悠扬荡漾，一切都那么安静。 在战列舰"内华达号"的后甲板上，麦克米伦指挥的国乐队已经排列好队形，准备演奏国歌举行升旗仪式……

7时50分，空中指挥官渊田中佑发出攻击令。7时55分，高桥海宫少佐率领51架"九九"式俯冲轰炸机群兵分两路到达美军机场上空，顷刻之间，炸弹如倾盆大雨般撒向珍珠港，希凯姆机场、福特岛机场、惠列尔机场顿时大火熊熊，黑烟腾空，很快，机场的飞机和一切空防设施全部被炸得干干净净。 可是，舰艇上的美国士兵还愚蠢地认为这是一次特殊的军事演习呢。 麦克米伦的军乐队就在这爆炸声中奏起了美国国歌。 此时，他们也该清醒了——由村田海军少佐率领的40架"九七式"鱼雷机编队对美国战列舰展开了凶猛的鱼雷攻击，美国军舰接二连三地重创起火。

日本舰队的攻击命令一个接一个地下达，日军对珍珠港疯狂轰炸。 珍珠港水柱突起，火团升腾，浓烟蔽日，被炸成了一片火海。 直到8时，美国太平洋舰队作战参谋才接到日机空袭珍珠港的报告，紧急向舰队司令金梅作了电话报告。 舰队司令部才把十万火急的电报匆匆发出："珍珠港遭到空袭而不是演习！"瓦胡岛上仅剩的32个美军高射炮连，对空开火，进入战斗，但是杯水车薪(xīn)（薪，柴火；

描绘了周末的安静、人们的悠闲，这平静的后面暗藏着杀机，让读者也为之心悬。

战争是多么残酷啊，它摧毁了多少美好的东西。

一杯水救不了一大车着了火的柴草,比喻力量太小,无济于事。),大势已去。

在日本第一攻击波结束后,华盛顿的两名日本"和平使者"——野村和来栖才走进了美国国务院的大楼。 一本正经地向美国国务卿赫尔递交了日本政府的"最后通牒"。 日本政府一直扮演的和平戏终于在历史性的大空袭中结束了。

8时55分,由岛崎海军少佐率领的171架飞机组成的第二攻击波又开始了,灾难再次降临到美军的头上。

战列舰"亚利桑那"号(排水量3.4万吨)中弹后还把舰首弹药舱引爆了,黑红色烟云翻滚升腾,烟柱高达1000米。 舰身在水面仅停留了几分钟,就带着1100名舰员沉入了海底,其他舰船上同样血肉横飞,惨不忍睹。

用具体数字说明美军伤亡惨重,让人看了触目惊心。

日本这次偷袭,击沉击伤美军太平洋舰队舰艇一共约40余艘,毁伤美机450架,18座机库被毁坏。 美军方面死2409人,伤1178人。 太平洋舰队主力几乎全军覆没。 而日本方面付出的代价仅是飞机29架,飞行员55人,特种潜艇5艘。

珍珠港事件,使第二次世界大战的范围进一步扩大,开辟了历时3年零9个月的太平洋战争。 珍珠港事件,使美国不得不放弃原来的立场,立即对日宣战,参加到世界反法西斯战争的阵营中来。

点出了"珍珠港事件"的历史意义。

故事启迪

为了利益之争,日本用了一招瞒天过海的计策消灭了美国的太平

147

洋舰队主力。不可否认,日本军队是作了精心的计划与周密的部署,这足以显示美国的轻敌。不过珍珠港事件促使美国参战,加速了日本衰亡的速度,这样的后果应该是日军没有想到的。

所以,在安宁的环境之中,我们需要居安思危,不只是国防安全,还有我们自己。你如果是班里成绩最好的学生,那么你想要保持一贯的成绩,你就要不懈地努力,否则,你的王冠会被他人夺走。

奇 思 妙 想 •••••••••••••••••••••••••••••••••••

1. 日军为何要偷袭美国珍珠港?

2. 美国应在这场战争中吸取什么教训?

先读为快

斯大林格勒是一个重要的工业城市和交通枢纽,最重要的是它有着重要军事地位。希特勒对这一地点非常重视,于是一场大战就爆发了。苏联人民能保住斯大林格勒吗? 他们将如何保住自己的土地?

斯大林格勒保卫战

斯大林格勒,现在叫做伏尔加格勒,既是苏联南方重要的工业中心,又是交通枢纽,位于苏联南部伏尔加河西岸,在政治、军事、经济方面都有十分重要的战略地位。 二次大战中,希特勒妄图一举占领斯大林格勒,以便占领巴库的油田、顿巴斯的煤炭、库班的小麦,切断南方对莫斯科粮食和燃料的供应线路。 然后以此为据点可以北伐莫斯科,南出波斯进而侵犯西伯利亚。

苏德双方在这里共投入 200 万以上的兵力,进行了一场持续 160 天的惊心动魄的大血战。

1942 年 7 月 17 日,德军在顿河河岸发动攻击,伟大的斯大林格勒保卫战开始了。

德军以鲍卢斯将军率领的第 6 军团和霍特将军的第 4 坦克集团军为先锋,凭借优势的兵力和精良的武器装备迅速突破苏军的防线。 8 月 23 日,顿河 630 公里长的防线和顿河与伏尔加河之间工程浩大的

突出了斯大林格勒的重要地位,也揭示了战争的背景。

在这种情况下,斯大林格勒能够守住吗? 需要什么才能守住它呢?

149

防御工事也被德军突破。 9月13日，德军顺利兵临城下，开始了对斯大林格勒的争夺。 斯大林格勒能否守住，全世界人民为之捏了一把汗。

德军在进攻市区之前，又从高加索等地调来9个师、1个旅的援军集中力量强攻。 每天派出成千架次飞机疯狂轰炸，数以万计的居民惨遭杀害，工厂、学校、医院、文物古迹均遭严重炸毁。 希特勒歇斯底里地狂叫：要让斯大林格勒从地图上永远消失！

然而苏联军民却没有退缩，他们和敌人展开了英勇的战斗。 苏联最高统帅斯大林沉着稳健地领导着这次战役，他对这座以自己名字命名的城市的军民发出了"决不后退一步"的号召。 斯大林格勒城防委员会要求市民做到"一切能使用武器的人，都起来和敌人决一死战，保卫故乡城市，保卫自己的家园！"斯大林格勒市民万众一心，同仇敌忾（kài）（全体一致痛恨敌人。），视死如归，短短几天内就有7.5万居民投入战斗，英雄的、伟大的斯大林格勒军民，决心献出自己的生命和鲜血来保卫每一寸土地，纷纷立下"为祖国而战，决不后退一步"的誓言。 他们在每一条街道上，每一幢房屋中，都和敌人进行了殊死的搏斗。 坦克手雅弗昆等3人，单车冲进敌人的坦克群，前后共击毁敌人7辆坦克，在自己的坦克中弹起火的危急时刻，他们拒绝逃命，继续开车冲向敌人阵地，杀伤了大批敌人，最后全部英勇阵亡。 近卫军中士巴甫洛夫率领一个战斗小组，奇迹般地死守"一月九日"广场上的一座大楼达2个月之久。 在敌机的轰炸、坦克的袭击、步兵

英雄的斯大林格勒人民，为了捍卫国家的尊严，不惜牺牲自己的生命，可歌可泣！

的射击下，他们没有退缩，楼虽然倒了，但阵地还在他们手里，他们为第13近卫军的防御作战作出了伟大贡献，战后重建的这座大楼，人们把它叫做巴甫洛夫大楼，以纪念这些英雄们。 守卫一个高地的11名少数民族战士，阻击了300多敌人的进攻，最后全部壮烈牺牲。 后来这个高地被命名为东方民族十一英雄高地。<u>斯大林格勒的居民没日没夜地构筑工事和救护伤员。 在200天的时间里，铁路工人就向苏军运送了30万节车皮的军用物资，充分保证了苏军的战斗给养。</u>

在近两个月的激战中，苏军击退德军700多次冲锋，使德军攻战全城的目标无法实现。

战争进行到11月中旬，天气逐渐变冷。 狂妄的希特勒以为他的闪电战一向速战速决，攻下斯大林格勒不会太久，绝没想到拖到了冬季。<u>天时地利对德国人更不利了，德军进退两难。</u> 而苏军却赢得了时间，做好了反攻准备。 苏军积极的防御战术，使大批军队避免伤亡。 而德军受到重创，伤亡惨重。 进入冬季后，苏军在兵力和武器装备上都比敌人好。 在这种有利的形势下，苏联最高统帅部决定进行大反攻。

1942年11月19日拂晓，苏联2000门大炮同时齐鸣，以坦克为前导，兵分两路：一路攻击德军的后方，一路南下攻击德军集聚点卡拉奇，两路人马构成铁钳攻势。 23日傍晚，德军主力鲍卢斯率领的第6集团军被会师于卡拉奇的苏军包围在斯大林格勒城下，形成瓮（wèng）中捉鳖（biē）（比喻逃脱不了的情势。）之势。 希特勒命令冯·曼施泰之师去增

人民的支持是战争取得胜利的法宝，这是被无数历史事实证明的真理。

德军未能做到知己知彼，所以陷入如此艰难的处境。

151

援，也被埋伏在距斯大林格勒 40 公里的梅什科瓦河畔的苏军伏击，两军无法会师。

弹尽粮绝，鲍卢斯请求希特勒允许投降，没有得到同意。希特勒为了鼓舞士气，于 1 月 30 日下令晋升鲍卢斯元帅军衔，给第 6 军团 117 名军官每人擢升一级，还给士兵送去 28 万个铁十字架。但为时已晚，他封官许愿的一系列措施已经无法挽回德军的败局。

虚无的奖赏并不能挽救德军败局已定的命运。

到 1943 年 2 月 2 日，被围困的德军 33 万被歼灭，包括鲍卢斯元帅和 24 名将军在内的 9 万被生俘。

斯大林格勒战役给德军以致命的打击。德军在这次战役中共损失 150 万人，3500 辆坦克，1.2 万门火炮和迫击炮，3000 架飞机，德国的精锐部队几乎消耗殆尽。从此希特勒被迫由战略进攻转入防御和退却。这次战役还有着巨大的政治影响，它坚定了苏军彻底消灭法西斯的信念，提高了苏联的国际威望，世界各国人民反法西斯斗争也因此而蓬勃发展。这次战役使希特勒在法西斯集团国家中的威信直线下降。德国的仆从国开始觉察到了危机，从此它们开始为摆脱战争而自寻出路。

揭示了斯大林格勒战役的重要历史意义。

斯大林格勒保卫战的胜利既是苏德战争的转折点，也是世界反法西斯战争的转折点。

故事启迪

苏联军民在面对狂轰滥炸、家破人亡时，他们没有退缩，而是高呼着"为祖国而战，决不后退一步"，他们以一当十，最终取得了胜利。这次战役有着巨大的政治影响,它坚定了苏军彻底消灭法西斯的信念,提高了苏联的国际威望,世界各国人民反法西斯斗争也因此蓬勃发展。

我国的军民在反法西斯斗争中也做出了巨大的贡献。今天,我们要不辜负前辈对我们的期望,为国家的富强而努力!

奇思妙想

1. 苏军为什么能够胜利?

2. 你去过烈士陵园吗?你能把英雄们的事迹讲给身边的小朋友们听吗?

先读为快

美国为报日本偷袭珍珠港之仇,加速二战的胜利,向日本投出了最新武器——原子弹。原子弹的威力有多大? 日本的死伤情况如何?

原子弹炸毁广岛

"二战"期间,德国为了最终取得胜利,加紧研制原子弹,这让美国人惶恐不安。 1939年8月,著名科学家爱因斯坦给美国总统罗斯福写了一封信,建议美国要比德国更早造出第一批原子弹。 总统接受了爱因斯坦的建议,随后,代号为"曼哈顿工程"的大规模研制计划开始了。 此项计划高度保密,就连当时的副总统杜鲁门也是在1945年4月接任总统时才知道。

说明了计划的保密程度,秘密到只有总统才知道。

1945年夏,美国研制出第一批三颗原子弹,分别叫"瘦子"、"胖子"和"小男孩"。 7月16日,第一枚"瘦子"试爆成功。 杜鲁门为此大喜过望,他决定对日本投掷"小男孩",促使它早日投降并一报珍珠港之仇。 当时,美国没有战略导弹,只能靠轰炸机来投放原子弹。 为了这次行动,美国陆军航空部特意秘密组织了一支轰炸机部队,番号为509混合大队,出任大队长的是蒂贝茨上校。

经过精心准备，轰炸大队准备行动。 8月6日，天气预报说，当天天气非常适宜起飞。 蒂贝茨的509大队派出三架B—29型飞机，分别前往日本的广岛(是广岛县的县厅所在地，被炸后于1950年代开始有规划性的重建工作，并成为日本一个最大的工业城市。现已成为反核与和平活动的中心地。)、小仓和长崎上空，进行最后的气象侦察。 混合大队计划：如果广岛上空被云层覆盖，那轰炸机就把原子弹投到另外两个城市中气象条件较好的一个。 飞到广岛的那架飞机，发现密集在日本的云海竟有个缺口，缺口下的广岛清楚得连一片片草地都能看见，好像这一切是上天专门为"小男孩"的到来而安排好的。 蒂贝茨接到气象观测机的报告，兴奋不已："真是天助我们！"

7时50分，装有"小男孩"的巨型轰炸机"超级空中堡垒"起飞，很快就要到达广岛。 一位飞机驾驶员低头望了望机外，突然指着下面说："糟糕，快看，日军的高射炮！"

"别紧张，不必担心。 我们现在在近三千米的高空，日本人的高射炮还不能达到如此远的射程，所以大家放心！好了，现在做好准备，进入战斗状态，进入战斗状态！"蒂贝茨对着话筒大声说："请大家在投弹计数前把护目镜戴上，一直要到爆炸闪光后才可以摘下来。"

8时15分17秒，到达广岛上空的轰炸机的舱门打开了。 投弹时间和操作是仪器控制的，丝毫不差。 "小男孩"尾部朝下从轰炸机里滑了出来，在空中翻了几个身，像个跳水的孩子，朝广岛笔直地

云海竟有一个缺口，这是上天的安排，为下文"小男孩"的投掷成功作铺垫。

本句用了拟人的手法，生动的再现了原子弹坠落的情形。

155

<u>落下去。</u> 由于飞机的重量突然减轻，机身猛地朝上弹了起来。 蒂贝茨握住飞机的方向杆，拼命一扳，飞机迅速地朝右拐去，来了个几乎一百八十度的急转弯。 然后向下加速俯冲，以尽可能快地脱离原子弹爆炸中心。

当时广岛的居民多达三十四万，正处于上班的高峰期。 大街上人很多，非常热闹。 大家都听见了警报声，很多人还看见了头顶上的飞机，但谁也没有放在心上，更没有人料到一场巨大的灾难即将降临到他们的头上。

科学可以为人类创造财富，可是在战争中却成了杀人的工具！

这颗"小男孩"重四千四百公斤，在五百六十米的高空自动引爆。 爆炸时它产生了一个巨大的火球，吐出一团火焰，从烟雾中生起一根白色烟柱，急速地坠落地面，照亮了整个广岛。 顿时一片狼藉，惨不忍睹。 原子弹的爆炸立刻掩盖了所有的哭喊声。 原子弹发出强大的热量，虽然只有几分之一秒，但它却有三十万度的高温，这种高温简直让一切东西都消失得无影无踪。

就在原子弹爆炸的同时，一直在后面跟随的最后的一架飞机也打开了舱门，三只降落伞从里面滑了出来。 原来，降落伞那头是美国人准备的测量仪器，是为了收集原子弹爆炸的各种数据，它能及时将测出的各种数据通过发报机发回大本营。

用比喻的手法突出了原子弹爆炸给广岛带来的巨大破坏力。

片刻之后出现的冲击波<u>像魔鬼</u>一样扑向了城中的各种建筑物，公共场所、私家住宅全被毁坏了。广岛全市七万六千座建筑物，仅仅剩下了六千多座。 广岛上空的大气也被炸了个底朝天。 一刻钟之后，开始下起倾盆大雨。 雨水冲过的地方，除了血迹，还是血迹。

156

　　高科技武器是把双刃剑,它可以加速战争的进程,也会给人类造成更大的灾难。让人类远离战争吧!

1. 美国为什么要赶在德国前面制造第一批原子弹?

2. 你能用拟人的手法模仿原文中的句子写一句话吗?

第二次世界大战中,法西斯阵营与反法西斯阵营进行了殊死的搏斗,为了使进攻目标更好地被隐藏起来,反法西斯的英国进行了一系列的安排与部署。他们的计划会有效吗?谁会取得胜利?

谍海奇勋

1939 年,第二次世界大战爆发后,德、意法西斯军队很快就占领了欧洲绝大部分领土和英、法在北非的殖民地。 1942 年,形势逆转,反法西斯联盟国家的军队开始进行反攻。 第二年,盟军就把德、意法西斯军队从北非地区赶走了。 盟军的下一个目标是意大利的西西里岛(位于地图上意大利伸向地中海的皮靴上的足球上,以其美丽的金色海滩、明媚阳光以及埃威尔火山等著名的传统景点著名。),进而向欧洲大陆进一步深入。 为了迷惑德军,诱使他们以为盟军下一个目标不是西西里岛,而是别的地方,从而达到分散敌人兵力、减少盟军进攻难度的目的,英国海军谍报人员设计了以死人骗活人的绝妙计划。

英国海军谍报机关首先要求医院提供一具因肺炎而死的病员尸体。 同时,他们和死者家属约定要求他们对死者的真实姓名永远保密。 随后他们就给

在战争中计策远比实力要重要得多,古今中外无不如此。

158

这名死者定了一个新的名字"威廉·马丁"，身份是"英国皇家海军陆战队少校"。"威廉·马丁"的尸体立即被放进了海军冷藏库进行保存。

第二步就是要假造"绝密"文件了。英国海军谍报人员把英国总参谋部副总参谋长给当时在非洲的第十八集团军的英军首领亚历山大写的一封信缝制在"威廉·马丁"的衣服夹层里。这封信说的是总参谋部为何不能向亚历山大提供他所需要的一切，因为盟军下一步将有大的行动。信里他们故意假设了两个盟军马上要进攻的目标，一个是希腊，另一个是没有详细介绍的西地中海某地。信件同时确切地表明，盟军将假装进攻西西里岛，以掩护实际上要进攻的目标。

为使德国人确信西西里岛不是盟军的下一个目标，而是另外一个地方，英国谍报人员还给"马丁少校"随身带上时任英国联合作战指挥部司令官蒙巴顿勋爵给皇家海军地中海舰队司令坎宁安的一封信。勋爵在信中确定了"马丁少校"的使命，最后还说：

为了迷惑敌人，英国人把计划策划地天衣无缝。

"我想，你会认为马丁正是你要找的人，战争一结束，请让他立即赶回来。他可以带上一点沙丁鱼，这东西在这里是定量配给的。""沙丁鱼"是当时谍报人员使用的暗号，实际上是指意大利的撒丁岛（位于意大利西部，是一庞大和孤立的岛屿，相传因盛产沙丁鱼而得名。拥有独特的意大利文化，也是欧洲最古老的地区之一。），它位于西西里岛西面，大约二百公里远。信中最后一句话表明盟军的下一个目标就是撒丁岛。德国谍报人员肯定会明白"沙丁鱼"的所指。

以上一切准备好以后，英国谍报人员开始对"马丁少校"的死因进行伪装。他们准备让他在地中海的西班牙海岸"溺死"，因为德国间谍在西班牙活动最为厉害，"马丁少校"的尸体立即就会引起他们的注意；另外，死于肺炎的人同溺死者的症状是一模一样的，他们的肺部一点液体也没有；造成的假象是"马丁少校"是在飞往北非途中因飞机"失事"而落海"溺死"的。英国谍报人员精心安排这一切。他们把"马丁"伪装成一名登陆艇专家，这是他飞往北非的理由，因为盟军"新的攻势"中缺乏这样的人才。另外，<u>还给"马丁"的皮夹里放了一张姑娘的照片和两封有陈旧折痕的情书，口袋里还有两张戏院的票根，一张用来购买订婚戒指的五十英镑的发票。另一个口袋里装满了小东西，如香烟、公共汽车车票、钥匙等等。"马丁"还是个喜欢浪费的人，他口袋里还有一封劳治银行 1943 年 4 月 14 日要求他偿还预支的八十英镑的讨债信。总之，"马丁少校"被装扮成了一个活灵活现的、有个性的年轻军官。</u>

1943 年 4 月 19 日，英国"天使"号潜艇载着"马丁少校"的尸体启航了。四月三十日，天刚蒙蒙亮，地中海海面上覆盖着一层浓雾。"天使"号悄悄地、平安驶抵西班牙韦尔发附近的海域，谍报人员把装有"马丁"的金属容器高高抬起，接着就把"马丁"放进了水中。

当天早晨，<u>"马丁"的尸体被一个西班牙渔夫在海岸附近发现，他立刻报告给了当地政府。尸体</u>

一切都准备好了，包括一些细节的安排，他们把马丁伪装得像一个真的军官，他们的计策能成功吗？

160

被打捞起来，验尸结果出来了：因海水窒息而死。英国驻西班牙副领事很快也接到了西班牙政府的通知，被告知在西班牙海岸附近被发现并打捞上来一具英国军人的尸体。1943年5月2日，按照军人礼仪，"马丁少校"被安葬于韦尔发镇墓地。

事情到此仅仅刚开始，重头戏还在后面。5月4日，英国政府向英国驻西班牙领事馆紧急发出了标注"最紧急最机密"的讯息，说得知"马丁少校"身上有一些文件，其中一些文件"极为重要且属绝密"，命令他们立即向保持中立的西班牙政府提出要求，希望把这些文件要过来。

英国驻西班牙领事马上照办。可一直到5月13日，上述文件才被西班牙海军参谋长交还给英国领事馆武官，并附加说明"一切都没有动过"，这真是不打自招。但英国方面看到文件被延迟交还，却心中暗喜，说明假情报已被德国人知晓了。

6月4日，"威廉·马丁少校"赫然在伦敦《泰晤士报》发表的战地阵亡将士名单中出现。

这出哑剧至此就已经结束了。结果怎么样呢？

德军立即有了反映。1943年6月，德国把一支舰队从西西里岛派往希腊，对这个盟军马上要"进攻"的地区加强防守。7月，盟军顺利登陆西西里岛，成功完成了盟军向欧洲大陆纵深挺进的第一步的目标。

"马丁少校"的使命最终得以完成。"他"挽救了数以万计的盟军将士的生命，大大加速了德、意法西斯的灭亡。

二战结束后，从缴获的德国海军文件档案中找

从实际情况来看，一切都在预料之中，可见英国的计划成功的可能性很大。

德国人中计了，假的马丁顺利完成了他的使命。

到了"马丁少校"随身携带的文件复制品及其德文译文，还有德国海军总司令邓尼茨上将在上面批阅的字样；德国陆军参谋部断定"这些文件是千真万确的"，并由此而认为盟军进攻的下一个目标是希腊和撒丁岛，时任德国武装部队最高统帅部的凯特尔元帅还签署了"增援撒丁岛"的命令。连法西斯德国元首希特勒本人对上述判断也确信无疑。

总而言之，我们可以看到，出色的谍报计划和行动有时比一场大胜仗更具有军事意义，尽管它们不一定被载入史册，也不被一般人所知晓。

故事启迪

在战争中，敌军的情报是非常重要的，它主宰着这场战争的成败。谁更加的聪明，谁就掌握着战争的主动权，谁就会取得胜利。在英国谍报机关周密的安排与计划有条不紊的进行中，我们看到了智慧的光芒！

奇思妙想

1.为了迷惑德军，诱使他们以为盟军下一个目标不是西西里岛，盟军做了哪些工作？

2.知道第二次世界大战是谁发起的吗，他发动战争又是为了什么？

162